Das Kopfkissenbuch der Hofdame Sei Shonagon

manesse im dtv

Das Kopfkissenbuch der Hofdame Sei Shonagon

Aus dem Japanischen übersetzt
und herausgegeben von
Mamoru Watanabé

Mit Illustrationen von
Masami Iwata

Deutscher Taschenbuch Verlag
Manesse Verlag

Oktober 1992
3. Auflage November 1993
Deutscher Taschenbuch Verlag GmbH & Co. KG,
München

Gestaltungskonzept: Max Bartholl
Umschlagbild: Kolorierte Buchillustration
Gesamtherstellung: C. H. Beck'sche Buchdruckerei,
Nördlingen
Printed in Germany · ISBN 3-423-24005-9

Einleitung

Kaiserin Sadako empfing einst von ihrem Bruder einen dicken Stoß Papier erlesener Qualität als Geschenk. Sie wußte aber nicht, was sie damit anfangen sollte.

«Der Kaiser bekam einst auch solch eine Menge Papier», sagte sie zu den anwesenden Hofdamen, «er aber hatte den guten Gedanken, darauf sorgfältig die chinesischen Chroniken abzuschreiben. Was könnten wir Frauen wohl darauf schreiben?»

«Ich würde daraus ein Kopfkissen machen», meinte die Hofdame Sei Shonagon.

«Das ist keine schlechte Idee», lächelte die Kaiserin, «und du wirst es dir doch besser zunutze machen als ich.»

So schenkte sie Sei Shonagon das Papier. Damals meinte man mit «Kopfkissen» ein

Notizbuch, in das man alles niederschreiben durfte, was man sonst nur seinem Kissen anvertrauen würde.

Die Hofdame beschäftigte sich in ihrer freien Zeit fleißig damit, in das Heft Beobachtungen einzutragen, die sie während ihres Dienstes bei der Kaiserin gemacht hatte, ferner sonstige momentane Einfälle, Geschichten und Stimmungen jeder Art, so wie es der Zufall ergab. Sie bewahrte dieses Notizheft stets in ihrem Zimmer versteckt auf. Doch eines Tages wurde es entdeckt und von vielen Adligen gelesen und bewundert. Dieses kleine Skizzenheft über das Hofleben in Japan um 1000 n. Chr. ist heute bekannt als «Makura-no-Soshi (Kopfkissenbuch) der Sei Shonagon» und gewann den Ruhm eines klassischen Werkes der japanischen Literatur.

Der Name der Verfasserin, «Sei Shonagon»[1], ist nur ihr Rufname im Hofkreise. Ihr eigentlicher Name ist heute unbekannt. Ebensowenig bekannt ist ihr Leben. Sie lebte etwa um 1000 n. Chr. Ihr Vater war ein damals bekannter Dichter. So mochte sie eine hohe literarische Erziehung genossen haben. Schon als junges Mädchen überraschte sie die Freunde ihres Vaters mit ihrer Gelehrsamkeit und scharfen Beobachtungsgabe.

Ungefähr in ihrem sechsundzwanzigsten Lebensjahre trat sie in den Dienst der Kaiserin Sadako. Die Kaiserin, zehn Jahre jünger als Sei Shonagon, liebte diese intelligente Dame mit Verehrung. Aber gerade ihre bevorzugte Stelle bei der Kaiserin und ihre stolze Haltung gegenüber ihren Kolleginnen und Hofherren, welche oft von schonungslosen Bemerkungen und Kritiken begleitet wurde, machten Sei Shonagon etwas unbeliebt.

Ein Jahrzehnt lang, bis zum Tode der Kaiserin, war sie im Hofdienst und lebte im Palast der Kaiserin. Wahrscheinlich diente sie darauf eine Zeitlang der Schwester der Kaiserin und verließ dann den Palast.

Ihr weiteres Leben liegt im Dunkel. Nach einer Überlieferung soll sie auf der Insel Shikoku in Elend und Armut umhergeirrt sein. Wahrscheinlicher aber ist es, daß sie weiter in Kioto zurückgezogen und still lebte. Eine andere Überlieferung erzählt, daß sie Nonne geworden sei.

Das «Kopfkissenbuch» der Sei Shonagon stammt aus der späteren Heian-Zeit (898 bis 1186 n. Chr.), in der die japanische Literatur einen bemerkenswerten Aufschwung nahm. Seitdem Kaiser Kammu im Jahre 794 die Stadt Kioto («Heian») gegründet und zur Hauptstadt Japans gemacht hatte, erfreute sich der kaiserliche Hof eines friedlichen Lebens, welches zweihundert Jahre lang durch keinen Aufstand unterbrochen wurde und auch materiell sorgenfrei war. Die Provinzen außerhalb der Kaiserstadt aber wurden in ihrem primitiven Lebensstand gelassen, und der kaiserliche Hof kümmerte sich nicht darum. Er führte ein genußreiches Leben und hatte nichts anderes im Sinne als Schönheit, Liebe, Kunst und Literatur.

Der Kaiser hatte während dieser späteren Heian-Zeit, sogar im engeren Kreise des Hofes, keinen ausübenden Einfluß, obwohl seine Stellung als Herrscher des Landes während der ganzen Zeit unangetastet blieb. Die wirkliche Macht lag in den Händen der Adligen um den Kaiser, die alle aus einer einzigen Familie, Fujiwara, stammten und beinahe alle wichtigen Posten bei Hofe innehatten. Sie setzten alles daran, ihre Töchter zu Gemahlinnen oder Mätressen des Kaisers zu machen, um durch diese Bindung mit dem Kaiserhause die Macht an sich zu reißen.

Für sie waren also Frauen kostbare Schätze, die ihnen Ruhm und Macht einbrachten. Männer, auch solche aus unteren Rängen, bemühten sich, ihren Töchtern und Schwestern eine hohe Bildung, besonders auf literarischem Gebiet, angedeihen zu lassen, damit diese bei allen Konkurrenzen Siegerinnen würden. Die Spätheian-Zeit, mit Recht die Fujiwara-Ära genannt, wurde daher eine einzigartige Zeit in der japanischen Geschichte, in der Frauen auf kulturellen Gebieten die Oberhand hatten. Eine Kaiserin oder eine kaiserliche Mätresse wurde von zahlreichen Hofdamen bedient, unter denen immer die schönen oder gebildeten von der Herrin bevorzugt wurden.

Sei Shonagon war auch eine solche Hofdame, die nicht hübsch gewesen sein soll, doch durch ihre hohe literarische Bildung und Klugheit in ihrem Kreise Aufsehen erregte und von der Herrin außerordentlich geschätzt wurde. Ihre Herrin, Kaiserin Sadako, Gemahlin des Kaisers Ichijo, war auch eine Tochter eines Fujiwara-Adligen, des zweiten Ministerpräsidenten Michitaka Fujiwara. Sie war eine bildhübsche Frau, die aber jung dahinschied.

Es gab noch einen anderen Grund, warum die japanische Literatur durch Frauen zur Entfaltung gebracht wurde. In der vorhergehenden früheren Heian-Zeit verfaßte man Gedichte mit Vorliebe in chinesischer Sprache. Diese Sitte blieb zwar noch in der späteren Heian-Zeit unter gebildeten Männern erhalten; denn die chinesische Sprache war damals eine Bildungssprache, etwa wie die lateinische Sprache im europäischen Mittelalter. Während aber die chinesischen Dichtungen in dieser Hinsicht ihre Ausdrucksfreiheit verloren und durch die Begrenztheit der Stoffwahl an Lebensfrische einbüßten, entwickelte sich die einst als Schriftsprache nur für Waka (Kurzgedicht) gebrauchte japanische Sprache auch in Prosadichtungen zu ihrem Höhepunkt. Es war bei Hofe jedoch Sitte, daß hauptsächlich Damen in ihrer Muttersprache literarische Werke verfaßten. So kamen zahlreiche Romane, Erzählungen und Memoiren aus den Händen des zarten Geschlechtes, die im schönsten Japanisch geschrieben wurden, das die Geschichte kennt. Wenn man von Gedichtsammlungen absieht, haben zwei Werke aus dieser Zeit höchste Bedeutung erlangt. Das eine ist der große Roman «Die Geschichte des Prinzen Genji» der Hofdame Murasaki Shikibu, das klassische Meisterwerk der japanischen Literatur. Das andere ist das «Kopfkissenbuch der Sei Shonagon».

Das «Kopfkissenbuch» ist zwar nicht als bewußtes Kunstwerk entstanden. Die Verfasserin schrieb es für sich allein und nicht zum Zwecke der Veröffentlichung. Nichtsdestoweniger müssen wir immer aufs neue bewundern, wie schön und ausgewogen ihre Sprache ist. Die Verfasserin verstand es ausgezeichnet, die stilistischen Eigentümlichkeiten der japanischen Sprache zur vollkommenen Geltung zu bringen. Zum Beispiel kannte die damalige Sprache beinahe keine Pronomen, wie «ich», «er», «Ihr» usw. Sei Shonagon machte diesen «Mangel» der Grammatik zum ästhetischen Vorteil. Das Vermeiden der unnötigen Wiederholung der Fürwörter macht ihren Stil knapper, andeutungsvoller und im Ausdruck kompakter und läßt den Leser die behandelten Gegenstände noch lebendiger vor sich sehen.

Auch die ästhetischen Prädikate, wie «schön», «interessant», «anziehend» usw., benutzte sie mit unerhörter Exaktheit bei subtiler Unterscheidung der Wortnuancen. Es genügte ihr daher nur eine lakonische Beschreibung mit ein paar Worten, um den Gegenstand dem Leser plastisch vor Augen zu führen. Daß es sehr schwer oder beinahe unmöglich ist, solche Eigenschaften in eine fremde Sprache zu übertragen, liegt auf der Hand.

Der Reiz dieses Werkes aber liegt nicht allein im Sprachlich-Formalen, das durch eine Übertragung leicht verlieren könnte. Das «Kopfkissenbuch» ist aus jener Zeit fast das einzige seiner Gattung, das Eindrücke und Beobachtungen der Verfasserin so offen, so frei von traditioneller Auffassung wiedergibt. Sei Shonagon sieht die Natur und die Menschen mit eigenen vorurteilsfreien Augen. Beim Lesen ihres Buches kommt es daher oft vor, daß uns die Beobachtungen der Verfasserin durch ihre Richtigkeit überraschen. Dann sehen wir, die trennenden Jahrhunderte vergessend, die Natur und die Menschen unserer Ahnenzeit in warmer Lebensnähe vor uns.

Es ist auch bemerkenswert, daß die Verfasserin nie bei einem Gegenstande lange haften bleibt, sondern vielseitig und beweglich immer wieder ein neues Thema aufgreift. Wir werden fortwährend überrascht von kühnen Sprüngen von einem Gegenstand zum anderen. Diese Improvisationsform, die wohl dem nationalen Charakter des Japaners sehr gut liegt, wurde später eine literarische Gattung. Bereits die Zeitgenossinnen der Sei Shonagon hinterließen

Werke ähnlicher Form, wie Tagebücher und Memoiren. Dichter, Schriftsteller und Priester in späteren Zeiten ahmten sie nach, ohne jedoch die Ursprünglichkeit und Feinheit dieser Pionierin zu erreichen.

Es ist interessant, daß manche Stellen des «Kopfkissenbuches» bezeichnenderweise die Persönlichkeit und den Charakter der Verfasserin, so wie wir ihn aus Schriften ihrer Zeitgenossen und aus späteren Aufzeichnungen kennen, verraten.

Sie galt auch in damaligen Gelehrtenkreisen als eine ungewöhnlich gebildete Frau. Bei geselligen Zusammenkünften vergnügten sich die Hofleute, die viel chinesische Klassiker lasen, mit ihren literarischen Kenntnissen zu wetteifern. Sie blieb immer Siegerin und konnte den berühmtesten Gelehrten imponieren.

Sie war zugleich eine scharfsinnige und stolze Frau, weshalb sie auch die Eifersucht und Abneigung ihrer Kolleginnen erweckte. Es war für sie eine Wonne, andere zu dukken; es amüsierte sie, wenn durch ihre Klugheit beeindruckte Männer ihr eifrig den Hof machten. Sie hatte in ihrem Leben mehrere Liebschaften. Sie schreibt mit Stolz, wie ihre Freunde sie liebten, aber niemals, wie *sie* sie liebte.

Sie war eher ein Mensch von Verstand als von Leidenschaft. Ihr Herz war nie so heftig bewegt, daß sie ihren Verstand darüber verlieren konnte. Sie zog es vor, ordentlich zu denken und die Schönheit des Lebens gebührend zu genießen. Bei ihrem Urteil aber verfiel sie niemals in spießbürgerliche Konventionalität. Vernünftig und selbständig, wie es bei damaligen Frauen selten war, sah sie die Dinge aus eigener Freiheit. Es ist indessen nicht wahr, daß sie in ihrem Herzen keine Wärme besaß. Trotz ihrer penetranten Schärfe und scheulosen Arroganz gegenüber Männern blieb sie im Kern eine echte Frau. Sie beobachtete und liebte die Natur und die Menschen mit dem innigen Feinsinn, der allein einer Frau eigen ist.

Zuletzt noch einiges über die Lebensweise dieser Spätheian-Zeit, um das Verständnis des Lesers zu erleichtern. Wie wir schon erwähnten, kümmerten sich die Hofadligen gar nicht um die Politik und um die Verwaltung des Landes. Sie verbrachten ihre Muße mit Gedichteverfassen, Spielen, Studien, Ausbilden in allen Künsten, religiösen Feierlichkeiten und Liebelei. Es war eine Zeit, in der die Liebe und die Schönheit Alleinherrscherinnen im Leben waren. Man trieb jeden Genuß des Lebens so weit es einem beliebte, jedoch in einer Art und Weise, daß niemals die Grenze des guten Geschmacks überschritten wurde.

Die Moral war damals weitaus lockerer als in unserer Zeit. Die Hofdamen waren äußerlich stark von den Männern abgesondert. Sie durften gewöhnlich nicht von Männern gesehen werden. Will jedoch ein Mann eine Dame kennenlernen, von deren Schönheit und Klugheit er gehört hat, so muß er an die betreffende ein selbstverfaßtes Liebesgedicht schicken. Gefällt der Dame das Gedicht, so wird ihm erlaubt, sie zu sehen. Es kümmert ihn dabei wenig, ob die Frau verheiratet ist oder nicht oder ob sie die Geliebte eines anderen ist. Die Wohnräume der Frauen waren mit Bambusvorhängen abgeschlossen. Die Männer sprachen mit den Frauen gewöhnlich durch diese Vorhänge. Bei Versammlungen und besonderen Veranstaltungen aber durften sie sich ohne Umstände anblicken.

Ein Eheleben nach unserer Vorstellung kannte man im damaligen Hofkreise nicht. Es war üblich, daß ein Ehepaar nicht zusammenlebte. Die Frau lebte alleine oder mit ihren Eltern, während der Mann auch irgendwo anders wohnte und nur nächtlich zu ihr kam. Am Morgen, noch vor Sonnenaufgang, mußte er sie verlassen.

Da man bei Hofe nichts Besonderes zu tun hatte, hielt man sich auch nicht genau an die sonst übliche Sitte, nachts zu schlafen und tags zu arbeiten. Vielmehr liebten es die Hofleute, am Tage zu schlafen und in der Nacht wach zu bleiben; denn sie schätzten die Schönheit der geheimnisvollen Nacht.

Im Gegensatz zur hochentwickelten Kunst und Literatur waren die naturwissenschaftlichen Kenntnisse äußerst primitiv. Aberglaube beherrschte das Leben. Geisterbeschwörer und -beschwörerinnen spielten eine große Rolle im Volksleben. Von ihnen mußten alle Krankheiten, welche sich durch die ungesunde Lebensweise ohnehin vermehrt hatten, geheilt werden. Denn man glaubte, daß böse Geister im Menschenkörper Krankheiten verursachen. Ein Geisterbeschwörer stellt ein Medium vor den Kranken und betet, der böse Geist möge seinen Sitz vom Kranken in das Medium verlegen. Das Medium beginnt in besessenem Zustande laute Schmähungen und Flüche auszustoßen. Dabei verfallen seine Glieder in krampfhafte Zuckungen. Der Beschwörer reibt heftig den Rosenkranz und liest verzückt die Sutras, bis das Medium endlich erschöpft still wird und der Geist damit verjagt ist.

Nach der damaligen Wahrsagerei gab es eine unheilbringende Sternrichtung, die nach dem Mondkalender Tag für Tag ihren Sitz wechselte. Jeder, der an einem bestimmten Tage unter diesen Stern kommt, muß diesen ganzen Tag zu Hause bleiben, darf keine Besuche empfangen und muß alle Briefe, die an diesem Tage ankommen, zurückschicken.

Er muß sich mit spärlicher Kost begnügen. Dieser Tag heißt Monoimi, der gewöhnlich einfachheitshalber mit «Fastentag» übersetzt wird.

Wenn man einen Besuch oder eine Reise machen will und findet, daß sein Ziel in einer solchen unglückbringenden Richtung liegt, so besucht man zuerst einen Bekannten, der in einer anderen Richtung wohnt, und übernachtet bei ihm. Erst dann geht man auf sein Reiseziel los. Dadurch wird die üble Richtung vermieden.

Der Amida-Buddhismus mit seiner Paradieses-Sehnsucht war damals weit verbreitet. Trotz Epikureismus und Schönheitsschwärmerei im Leben hielt man das Erdendasein des Menschen für leer, hinfällig und verdrießlich. Man war sich dessen bewußt, wie vergänglich die Schönheit und wie traurig ständiges Genießen ist.

Es sei zum Schluß bemerkt, daß die in diesem Buch beschriebenen Gegenstände, besonders die Tiere und Vögel, nicht immer mit den europäischen Äquivalenten identifiziert werden können. Was sich die Japaner zum Beispiel unter einem Kuckuck vorstellen, hat wenig Ähnlichkeit mit einem europäischen Kuckuck. Er ist für die Japaner ein Vogel der Nacht, der besonders eindrucksvoll ist, wenn er, wie ein Pfeil durch die Luft schießend, mit schriller Stimme kreischt.

Die Monate wurden damals nach dem Mondkalender gezählt. Der sechste Monat entspricht daher ungefähr unserm Juli.

Die vorliegende Ausgabe enthält zwei Drittel des Originaltextes. Es wurden nur Dinge und Kapitel weggelassen, die dem europäischen Leser allzu fremd und daher unverständlich sein würden.

Die Abbildungen sind von dem bekannten japanischen Maler Masami Iwata speziell für diese Ausgabe angefertigt worden. Sie wollen nicht so sehr als genaue Illustration des Inhalts, sondern vielmehr als Stimmungsbilder aus dem damaligen Leben betrachtet werden.

MAMORU WATANABÉ

Hayama, Japan

ÜBER DIE JAHRESZEITEN

Im Frühling ist mir die Morgendämmerung am liebsten, wenn der dunkle Bergfluß langsam sichtbar wird. Dort lagert, purpurviolett schimmernd, ein lang hingezogener Nebelstreif.

Im Sommer lob ich mir die Nacht, und mich begeistert natürlich der helle Mond. Aber auch die Dunkelheit mag ich gern, wenn die Leuchtkäfer geheimnisvoll überall auftauchen. Sogar wenn es regnet, behält eine Sommernacht ihren Reiz.

Im Herbst ist der Abend am schönsten, wenn die sinkende Sonne ihre rötlichen Strahlen ausschickt und sich langsam den Berggipfeln nähert. In dieser traurigschönen Stimmung sind sogar die Krähen lieblich anzusehen, die, zu zweit oder dritt vorüberfliegend, ihre Schlupfwinkel aufsuchen. Noch schöner sind natürlich die Wildgänse, die in langen Reihen fliegen und ganz klein erscheinen. Wenn die Sonne verschwunden ist und nur noch der Wind sein Lied singt und das Zirpen der Grillen[2] zu hören ist, wird mir ganz wehmütig zumute.

Im Winter mag ich die frühe Morgenstunde, besonders dann, wenn es schneit. Ich beobachte so gern die Diener, wie sie draußen, im frostigen, weißgestreiften Morgen, eilig Feuer anfachen und die Becken mit glühender Holzkohle in die Zimmer tragen. Das gehört zu den echt winterlichen Bildern des Palastes der Kaiserin. Aber wenn gegen Mittag die Kälte nachläßt, das Feuer ausgeht und nur noch weiße Asche übrigbleibt, so finde ich diesen Anblick alles andere als erfreulich.

ÜBER DIE MONATE

Ich liebe den ersten Monat im Jahr, den dritten Monat, den vierten und fünften Monat, den siebenten, den achten, den neunten, den elften und den zwölften Monat. Alle haben innerhalb der Jahreszeit ihren besonderen Reiz. Das ganze Jahr ist schön.

ÜBER DIE NEUJAHRSTAGE

Der erste Tag im Jahr gefällt mir ganz besonders. Der klare Himmel versteckt sich hinter einem geheimnisvollen Schleier. Jedermann putzt sich heraus, zieht sein bestes Gewand an und bringt dem Herrscher und auch seinen Mitmenschen seine Glückwünsche dar. Das ist wirklich eine interessante Sitte.

Am siebenten Tag des gleichen Monats geht man die ersten jungen Kräuter lesen, dort, wo der Schnee schon geschmolzen ist. Welch eine Aufregung herrscht dann oft unter den Hofdamen, wenn sie in unmittelbarer Nähe des kaiserlichen Palastes, wo man sie nie vermutet hätte, diese jungen Pflänzchen hervorkeimen sehen!

Der fünfzehnte Tag ist der Festtag der «Mochi-Grütze»[3]. Hofdamen, meist sind es die älteren, halten ein Holzstöckchen bei sich versteckt und schlagen damit ihre jüngeren Kolleginnen aufs Hinterteil. Das ist so Sitte an diesem Tag.

Wie komisch verhalten sich die sonst so graziösen Damen, die jeden Augenblick auf einen Angriff von hinten gefaßt sein müssen! Trotz dieser Wachsamkeit gelingt immer wieder ein Schlag. Und wie herrlich ist das sorgenfreie Gelächter der Siegerin!

Frauen, denen so etwas besonderen Spaß macht, verstecken sich in der Vorhalle und lauern gern jungen Herren auf, die an den Hof kommen, besonders solchen, die neu vermählt sind. Nähert sich ein Opfer, so können die Frauen, die vorne sitzen und den Herrn begrüßen müssen, sich des Lachens nur schwer enthalten. «Seid still! Lacht doch nicht!» zischt die hinten Lauernde. Der Herr aber merkt gar nichts und betritt würdevoll den Palast. «Entschuldigt, mein Herr. Ich möchte nur dies da aufheben», sagt sie, auf ihn zukommend. Sie kauert nieder, schlägt ihn ziemlich stark und läuft weg. Schallendes Gelächter! Der Mann versteht aber Spaß und lächelt. Schön ist es, zu sehen, wie er vor Scham etwas errötet.

Welch ein amüsantes Treiben herrscht im Kaiserlichen Palast, wenn die Zeit der Präfektenernennungen, die gewöhnlich auf den Januar fällt, herannaht! Trotz Schnee und Glatteis kommen und gehen die Kandidaten und reichen ihre Bittschriften ein. Die Beamten des vierten und fünften Ranges, die noch jung an Jahren sind, scheinen noch hoffnungsvoll zu sein. Die anderen, denen man schon ein gewisses Alter ansieht, bemühen sich um Protektion; sie kommen sogar bis in die Zimmer der Palastdamen und versuchen, mit allem Nachdruck ihre Verdienste hervorzuheben. Woher sollten sie auch wissen, daß die jungen Damen, kaum daß sie aus ihrem Gesichtskreis verschwunden sind, nur über sie lachen und sie in ihrem linkischen Auftreten nachzuahmen trachten? «Habt Ihr die Güte, dies dem Kaiser und das der Kaiserin zu übermitteln», und in dieser Art wiederholen sie die Worte dieser ehrwürdigen Herren.

Wenn diese dann den Posten erhalten, den sie sich wünschten, ist's gut; aber wehe, wenn sie Schiffbruch erleiden! Wie beklagenswert ist dann doch ihr Los!

FRÜHLINGSFESTE

Am schönsten stelle ich mir den dritten Tag des dritten Monats[4] mit friedlichem Wetter vor, an dem die Sonne klar, doch mild und ruhig scheint. Reizend ist in dieser Zeit die Pfirsichblüte, die allmählich beginnt, sich zu entfalten. Die kleinen Weidenblättchen sind wie Seidenkokons zusammengerollt. Das sieht in Wahrheit noch bezaubernder aus, als wenn sie ganz geöffnet wären.

Ich liebe prächtig erblühte Kirschbaumzweige, die man in ihrer ganzen Länge abgebrochen und in einen riesigen Krug hineingeworfen hat. Und um das Bild zu vervollständigen, müßten dann Herren von edler Gestalt, mögen sie Gäste oder Brüder der Kaiserin sein, in weißen Frühjahrs-Staatsgewändern neben dem Krug sitzen und anmutig belanglose Plaudereien führen. Wenn dabei noch liebliche Vöglein und Schmetterlinge in der Nähe herumfliegen, so ist das Bild vollkommen.

Noch interessanter finde ich aber die Tage um das Kamo-Fest herum, das am zweiten Vogeltag des vierten Monats gefeiert wird. Die Blätter der Bäume sind noch nicht zu üppig, haben aber doch schon ein wunderbar erfrischendes Grün. Und mir wird so heiter ums Herz, wenn ich über den Bäumen den verklärten, wolkenfreien Himmel sehe. In der Abenddämmerung oder gar des Nachts fühle ich mich beinahe verzaubert, wenn ich einen Kuckuck leise rufen höre. Sein Ruf weht aus solcher Ferne herüber, daß man sich fragen muß, ob man ihn auch wirklich gehört habe.

Wenn das Kamo-Fest endlich heranrückt, sehe ich gern die Boten, buntfarbige Stoffe für die Festkleider tragend, auf den Straßen geschäftig hin und her rennen.

Die kleinen Mädchen, die dazu ausersehen sind, an der kommenden Festprozession teilzunehmen, tragen schon festliche Frisuren, stecken aber noch in ihren zerdrückten und sogar zerrissenen Hauskleidern. Sie rennen ungeduldig im ganzen Hause umher und belästigen die Erwachsenen mit allerlei Fragen, etwa ob die neuen Sohlen und Schnüre ihrer Festsandalen schon angefertigt sind.

Dieselben lebhaften Mädchen, erst einmal in den Festkleidern, schreiten in der Prozession so feierlich und würdevoll einher, als wären sie selber Joza-Priester, die an der Spitze der Prozession Weihrauch tragen. Reizend ist es auch, anzusehen, wie die Mädchen, jedes, wie es will, von ihren Müttern, Tanten oder Schwestern begleitet werden, die den Kleinen in rührender Weise beistehen.

ÜBER TEMPELPRIESTER UND TEUFELAUSTREIBER

Wie bedauernswert ist ein Kind, das einem lieb und teuer ist und zum Tempelpriester bestimmt wird. Eigentlich ist es ein segensreicher Beruf[5]; aber in Wahrheit schätzen ihn die Leute so gering wie ein Holzscheit. Die Priester sind auf ein kärgliches, fisch- und fleischloses Mahl angewiesen und schlafen auf primitiver Lagerstätte. Es ist verständlich, wenn alle weltlichen Dinge die Neugier der jungen Novizen erregen. Bekommen sie nicht manchmal Lust, hereinzugucken, wo Frauen versammelt sind? Doch die Leute nehmen daran Anstoß.

Das Los eines Teufelaustreibers ist noch dornenvoller. Während er pflichtbewußt auf alle heiligen Berge klettert, ohne sich auch nur einen einzigen Aufstieg zu ersparen, muß er schreckliche Strapazen durchmachen. Sobald dann endlich seine

Gebete und Beschwörungen die beabsichtigte Wirkung erzielen, wird er berühmt, und von allen Seiten ruft man ihn herbei. Je bekannter er wird, desto weniger wird er in Ruhe gelassen. So mag es vorkommen, daß ihn die Müdigkeit ausgerechnet in dem Augenblick übermannt, wenn er am Bett eines Schwerkranken weilt und die bösen Geister vertreiben soll. Die Leute tadeln ihn daraufhin und behaupten, er schlafe nur. Wie peinlich ist das für ihn! Heutzutage scheint das Los der Priester jedoch etwas angenehmer zu sein, da allgemein ihre strenge Lebensweise gelockert wurde.

DER BESUCH BEIM ERZKÄMMERER

Als die Kaiserin sich in das Haus des Erzkämmerers begab, wurde ihre Sänfte durch das Osttor in den Vorhof getragen; denn dieses Tor war ausdrücklich für die kaiserlichen Gäste umgebaut worden. Wir Damen wollten mit unserem Wagen durch das Nordtor fahren. An diesem Tor waren keine Posten aufgestellt, und so dachten wir, wir könnten bis zum Vestibül hineinfahren. In der Eile des Aufbruchs hatten nicht alle von uns ihre Frisur in Ordnung bringen können, wie es vielleicht notwendig gewesen wäre, und so schien es uns peinlich, wenn wir von allzu vielen Leuten gesehen würden, bevor wir unsere Zimmer beträten. Darum wagten wir, mit Gepolter und Peitschengeknall in das Nordtor hineinzufahren. Aber ach — es war zu schmal, und unser Wagen blieb mitten im Torbogen stecken. Sofort eilten die Diener herbei und legten auf dem Boden Strohmatten aus, wie es in solchen Fällen Sitte war, und bahnten uns damit einen Weg. Wir verließen notgedrungen den Wagen und waren wütend; aber was sollten wir machen? Nun hatten wir sogar das zweifelhafte Vergnügen, daß uns die Leute hohen und niedrigen Ranges von Kopf bis Fuß in Augenschein nehmen konnten. Wie ärgerlich!

Endlich langten wir vor der Kaiserin an und erzählten ihr, was vorgefallen war.

«Wir sind nicht zu Hause. Auch hier in diesem Zimmer könntet ihr gesehen werden», meinte sie lächelnd. «Wie kommt es, daß ihr euch so zu Hause fühlt und wiederum so nachlässig seid?» — «Majestät, sicherlich gibt es hier Leute genug, die uns beobachten können», antwortete ich schnell, «doch ... doch wenn wir uns allzusehr herausputzen würden, würde man vielleicht auf uns neidisch werden, und das würde auch keinen guten Eindruck machen. Und dann — sollte man es für möglich halten, daß ein so prächtiges Haus zu schmale Hoftore hat, um einen Wagen durchzulassen? Ich würde mich gern über den Hausherrn deswegen lustig machen, wenn ich ihn nur zu Gesicht bekäme.»

Im gleichen Augenblick erschien er, brachte Schreibzeug herbei und bat mich, es der Kaiserin zu überreichen. «Wie könnt Ihr denn in einem Haus leben, das zu enge Tore hat?» begrüßte ich ihn kampfeslustig.

«Mein Haus», gab er lächelnd zur Antwort, «ist meinen Verhältnissen angepaßt.»

«Nun, ich habe aber auch erzählen hören, daß es einen Mann gab, der ein so hohes und breites Tor vor seinem Haus errichten ließ, wie es nur irgend möglich war.» — «Es ist schrecklich, wie belesen und gebildet Ihr seid», rief er ganz erstaunt aus; «denn natürlich denkt Ihr an jenen berühmten Mann der Han-Zeit, der von den zukünftigen Erfolgen seines Sohnes so sehr überzeugt war, daß er ein breites und hohes Tor bauen ließ, damit dieser mit seinen Equipagen später hindurchfahren könne. Doch hätte ich mir nicht den dornenvollen Weg des Studiums gewählt und die Schriften der alten Meister gelesen, hätte ich Eure Anspielung sicherlich nicht verstehen können.»

«Euer dornenvoller Weg scheint mir aber nicht berühmt zu sein; denn der Weg, den Ihr uns bahnen ließet, um in Euer Haus zu gelangen, war auch nicht so bemerkenswert. Man hatte Strohmatten ausgelegt, worüber alle gestolpert sind. Das war ein schönes Durcheinander.»

«Es hatte geregnet», meinte er kleinlaut, «doch lassen wir das. Ich weiß, Ihr wollt mich mit Eurer Gelehrsamkeit plagen, wenn ich noch verweile. Ich verlasse Euch», und damit ging er.

«Was hatte er denn?» fragte die Kaiserin, «er schien ja Angst vor Euch zu haben.»

«Es war nichts Besonderes», erklärte ich. «Wir unterhielten uns nur darüber, daß er sein Hoftor zu eng gebaut habe.»

Ich benutzte jetzt die Gelegenheit, um mich in mein Zimmer zurückzuziehen. Man hatte mehrere junge Damen bei mir einquartiert; doch da wir alle schrecklich müde waren, schliefen wir sofort ein und kümmerten uns um nichts mehr.

Das Zimmer lag im Ostflügel des Hauses, und die nördliche Türe, die zum westlichen Korridor führte, war beim besten Willen nicht zu verschließen. Wir hatten es noch kurz vor dem Einschlafen bemerkt, doch ließen wir es dabei bewenden. Der Erzkämmerer mußte ja aber schließlich über die Tücken seines Hauses im Bilde sein. Diese Situation ausnützend, erschien er kurze Zeit später an dieser Türe, öffnete sie einen Spalt und fragte mit heiserer Stimme in einem etwas seltsamen Ton:

«Hättet ihr etwas dagegen, wenn ich eintrete?» Diese Frage muß er wohl mehrere Male wiederholt haben.

Als ich erwachte und, überrascht umherblickend, ein Licht hinter dem Vorhang sah, konnte ich deutlich seine Umrisse erkennen. Die Tür hatte er inzwischen schon eine Handbreit geöffnet. Es war ein köstliches Bild. Dieser Mann, der unter gewöhnlichen Umständen nie so etwas Lüsternes wagen würde, schien sich jedoch an jenem

Abend einzubilden, daß der Besuch der Kaiserin in seinem Haus eine solche Ehre für ihn bedeute, daß er selbstverständlich den Ehren- und Hofdamen gegenüber sich alle Rechte herausnehmen dürfe. Diese anmaßende Tat machte mir aber gerade Spaß.

Ich weckte das Mädchen, das an meiner Seite schlief und raunte ihm zu:

«Sieh doch einmal hin, wer dort am Wandschirm steht! Hättest du gedacht, daß man uns ein solches Schauspiel hier bieten würde?» Inzwischen waren auch die anderen wach geworden. Sie richteten sich in ihren Betten auf, und als sie die Umrisse des Erzkämmerers erkannten, fingen sie an zu lachen.

«Wer ist denn da?» fragte ich nach einer Weile mit lauter Stimme. «Man sieht Euch doch!»

«Es ist nichts Wichtiges», erwiderte er schüchtern, «der Herr des Hauses möchte nur einiges mit der Bewohnerin des Zimmers hier besprechen.»

«Wir haben uns über Euer Hoftor unterhalten. Doch wer gab Euch die Erlaubnis, diese Tür zu öffnen?» erwiderte ich schnippisch.

«Das war es ja gerade», ereiferte er sich, «über das Hoftor wollte ich mit Euch reden. Dürfte ich denn nicht einen Augenblick hereinkommen?»

Die Damen fingen schallend an zu lachen und erklärten:

«Ausgeschlossen! Das wäre ja noch schöner, ein Mannsbild hier im Zimmer junger Mädchen!»

«Nanu», tat der Erzkämmerer erstaunt, «ich höre andere Damenstimmen?», und bei diesen Worten schloß er die Tür und zog ab. Das Gelächter verdoppelte sich, kaum daß er gegangen war. — Wenn ein Mann heimlich das Zimmer einer Frau betreten will, soll er nur einfach eintreten. Wie kann ein Mann, der anklopft und viele Fragen stellt, erwarten, daß man ihm zur Antwort gibt, es sei erlaubt, einzutreten!

Am nächsten Morgen, als ich bei der Kaiserin erscheinen mußte, erzählte ich ihr von dem Vorfall der letzten Nacht, doch sie erwiderte nur lächelnd:

«Ich habe nie etwas Derartiges über ihn gehört. Wahrscheinlich hat ihn deine geistreiche Anspielung von gestern abend beeindruckt. Es tut mir leid, daß ihr ihn so schlecht behandelt habt.»

DIE GEADELTE KATZE UND DER GETREUE HUND

Der Kaiser hatte die Katze des Palastes in den fünften Hofrang erhoben. Es war eine liebliche Katze, und so gab er den Befehl, daß man sie besonders betreue. Eines Tages hatte sie sich nun draußen auf die Veranda geschlichen und sich dort im äußersten Winkel niedergelassen. Die Hofdame, die die Katze bewachen sollte, eilte herbei und rief: «Um des Himmels willen, habt bitte die Güte und kommt schnell zurück!» Die Katze achtete nicht auf ihre Worte, und nachdem sie sich mit sichtlichem Wohlbehagen in der Sonne ausgestreckt hatte, schlief sie ein. Um ihr Schrecken einzujagen, rief die Hofdame den Hund herbei: «Okinamaro, wo bist du? Komm und beiß sie!» Der törichte Hund glaubte, diese Aufforderung sei ernst gemeint, und schoß mit einem Satz auf die Katze los, die aus ihrem Schlummer erwachte und sich ängstlich hinter dem Bambusvorhang im Speisesaal versteckte, wo Seine Majestät gerade das Frühstück einnahm. Der Kaiser war sehr erschrocken, als er die verängstigte Katze herbeieilen sah. Er nahm sie auf seinen Schoß und rief seine Diener herbei. Der Kammerherr Tadataka erschien sofort, und der Kaiser befahl ihm: «Man bestrafe Okinamaro, so wie es sich gehört, und verbanne ihn unverzüglich auf die Hundeinsel.» Das gesamte Dienstpersonal machte sich auf die Jagd nach dem Schuldigen. Der Kaiser meinte, daß die Hofdame, die die Betreuung der Katze übernommen hatte, durch eine andere ersetzt werden solle, da man ihr die Katze nicht mehr anvertrauen könne. Die Dame aber

wollte vor lauter Schuldbewußtsein nicht mehr zum Palast kommen. Der Hund wurde aus dem Palast gejagt und von den Gehilfen des Kammerherrn verfolgt. Wir sagten ganz verzweifelt zueinander: «Ach, der arme Hund! Wie stolz ging er doch im Palastgarten herum! Am vergangenen Fest des dritten Tages des dritten Monats hatte man ihn mit Weidenzweigen, Pfirsichblüten und Kirschblüten geschmückt. Wer hätte damals sein heutiges Los ahnen können?» Oder: «Stets, wenn die Kaiserin ihre Mahlzeiten einnahm, war er in ihrer Nähe.»

Drei oder vier Tage waren so vergangen, als wir plötzlich gegen Mittag ein wiederholtes Jaulen und Bellen hörten. Wir fragten uns, was geschehen sei, und alle Hunde stürzten wie wild hinaus, um zu sehen, was vorgefallen war. Eine Köchin des Palastes kam herbeigeeilt und rief: «Ach, es ist schrecklich! Zwei Kammerdiener sind im Begriff, einen hilflosen, armen Hund zu verprügeln. Sie werden ihn sicherlich zu Tode schlagen, nur weil er unerlaubt aus der Verbannung zurückgekehrt ist.»

Das war eine traurige Nachricht. Es mußte sich zweifellos um Okinamaro handeln. Ich schickte sofort eine Zofe hinaus, die versuchen sollte, den beiden Männern Einhalt zu gebieten; doch inzwischen verstummte das Bellen. Kurz darauf kam die Dienerin zurück und teilte uns mit, daß der Hund die Schläge nicht überlebt habe und man ihn draußen vor den Wall geworfen habe. Der Abend nahte heran, und wir beklagten das traurige Schicksal dieses armen Tieres, als plötzlich ein Hund, der schrecklich mitgenommen und zerschunden aussah, sich mit flehendem Blick und an allen Gliedern zitternd uns näherte. «Sollte das etwa Okinamaro sein?» fragten wir uns. Wir riefen ihn beim Namen; aber er schien nicht zu begreifen, und so waren wir uns nicht einig, ob es unser Hund sei oder nicht.

Die Kaiserin meinte daraufhin: «Ukon, die Ehrendame Seiner Majestät, kennt unseren Hund genau. Ruft sie herbei! Sie soll sehen, was es mit diesem Tier für eine Bewandtnis hat!»

Ukon befand sich gerade in ihrem Zimmer, und man beeilte sich, um ihr den Wunsch der Kaiserin zu übermitteln. Ukon meinte, daß dieser Hund dem Okinamaro zwar ähnlich sei, doch in seinem Äußeren sei er zu abstoßend und widerlich, um wirklich mit ihm identisch zu sein. «Und», fügte sie noch hinzu, «übrigens pflegte Okinamaro stets freudig herbeizueilen, wenn ich ihn beim Namen rief. Diesen kann ich aber noch so oft rufen, und er rührt sich nicht. Es ist sicherlich nicht Okinamaro. Man hat mir doch auch erzählt, er sei den Schlägen zum Opfer gefallen und man habe ihn draußen vor das Tor geworfen. Sollte er denn noch am Leben sein, nachdem zwei kräftige Männer ihn verprügelt haben?»

Die Kaiserin war ganz niedergeschlagen. Als der Abend hereinbrach, setzte man dem Hund Futter vor; aber er fraß nichts, und so kamen wir zu dem Schluß, daß es nicht unser Hund sein könne.

Am nächsten Morgen begab ich mich zur Kaiserin, um sie zu frisieren. Ich reichte ihr das Wasser für die Hände, und sie befahl mir, ihr den Spiegel zu halten. Während ich tat, was sie mir sagte, entdeckte ich den Hund vom vorigen Abend, der mit unterwürfiger Miene neben einem Pfeiler kauerte. «Ach, wie traurig ist es doch, daß man gestern den armen Okinamaro so grausam geschlagen hat und daß er sterben mußte!» murmelte ich vor mich hin. «Wer weiß, in welcher Gestalt er nun seine Wiedergeburt erlebt hat? Was muß er für Qualen ausstehen!»

Der Hund, der dort am Boden lag, fing plötzlich zu zittern an, als er diese Worte hörte, und Tränen traten ihm in die Augen. Wir waren völlig verblüfft, und ich erklärte: «So ist es also doch unser Okinamaro. Gestern abend hat er nur nicht gewagt, sich zu erkennen zu geben.»

Mir fehlen die Worte, um zu schildern, wie sehr wir innerlich bewegt und gleichzeitig erfreut waren. Ich legte den Spiegel zur Seite und rief: «Nun, Okinamaro?» Der Hund legte sich platt auf den Boden und ließ ein freudiges Bellen vernehmen. Die Kaiserin lächelte, als sie das hörte. Die

Hofdamen versammelten sich, und Seine Majestät ließ die Ehrendame Ukon zu sich kommen. Kaum hatte der Kaiser erfahren, was vorgefallen war, kam er herbei und erklärte beglückt: «Es ist wirklich erstaunlich, daß ein Hund so viel Herz haben kann.»

Jetzt erschienen auch die anderen Ehrendamen des Kaisers, und als der Hund dieses Mal wieder beim Namen gerufen wurde, schlug er bereits mit den Pfoten auf den Fußboden, wenn auch seine Schnauze noch immer sehr geschwollen war.

«Man sollte ihm etwas zu fressen geben», erklärte ich. Die Kaiserin war jetzt wieder in bester Stimmung und meinte lachend: «So hat er sich also doch zu erkennen gegeben.» Inzwischen erfuhr auch der Kammerherr Tadataka davon, der immer noch den Auftrag hatte, Okinamaro zu verbannen. Er eilte herbei und rief durch den Bambusvorhang: «Ist es wahr, daß Okinamaro zurückgekommen ist? Ich möchte ihn mit meinen eigenen Augen sehen.» Wir waren bestürzt und sagten sofort: «Ihr habt wohl geträumt. Hier befindet sich überhaupt kein Hund.»

Der kaiserliche Befehl, Okinamaro in die Verbannung zu schicken, wurde rückgängig gemacht, und so erfreute sich der Hund sehr bald wieder seines vergangenen Glücks. Noch heute erinnere ich mich nicht ohne innere Rührung jenes Augenblicks, als wir sein Schicksal beklagten und er zitternd und tränenden Auges sich uns näherte; mir kommen selbst die Tränen, wenn man nur davon spricht.

DAS SCHICKSAL DER VERHEIRATETEN HOFDAMEN

Frauen, die ein redliches Leben führen, mit dem ehelichen Scheinglück zufrieden sind und auch von der Zukunft keine besonderen Freuden zu erwarten scheinen, finde ich uninteressant und schätze sie gering. Mädchen aus gutem Stande sollten doch einmal in den Hofdienst treten, um die Menschen und die Welt kennenzulernen.

Wie verhaßt sind mir doch jene Männer, die die Damen bei Hofe als leichtfertige und verdorbene Wesen hinstellen! Gewiß, ein Körnchen Wahrheit mag in ihrer Kritik enthalten sein; denn es gibt kaum jemanden, den die Hofdamen nicht zu Gesicht bekommen. Angefangen bei Ihren Majestäten, dem Kaiser und der Kaiserin, bis zu den Vertretern des vierten, fünften oder sechsten Ranges, ist ihnen niemand unbekannt. Sie scheuen sich auch nicht vor den niedrigen Leuten, wie dem Gefolge der andern Hofdamen, den Angestellten aus der Provinz, den Haushälterinnen, den Dienstmädchen und anderen Arbeitern. Vielleicht treffen sie nicht allzuoft adelige junge Herren. — Oh, doch! Soweit die Frauen im Hofdienst stehen, lernen sie viele Herren kennen. Die Kritik kann man also nicht gänzlich verneinen.

Nach Abschluß der Dienstzeit im Palast pflegen viele Hofdamen sich zu verheiraten. Dann nennt man sie «Gnädige Frau» und behandelt sie mit der größten Zuvorkommenheit. Vielfach wird aber auch die Meinung vertreten, daß sie nun jedes Reizes entbehren, weil sie jedermann kennt, was an sich nicht unverständlich ist. Doch, ist es nicht ehrenvoll, daß sie zu allen Gelegenheiten in den Palast geladen werden?

Es ist aber auch nicht unbedingt nötig, den Palast wieder zu betreten, um die Vorteile der einstigen Hofdame auszunützen. Sie können ruhig zu Hause bleiben.

Wenn ihre Tochter erwachsen ist und zur ehrenvollen Tänzerin des Gosechi-Tanzes im Kaiserlichen Palast ernannt wird, so brauchen sie nicht Eingeweihte über Zeremonien und Hofetikette auszufragen, wie es die Präfekten aus der Provinz, die ihre Töchter ebenfalls zum Tanz schicken, tun müssen. Es ist ein großer Vorteil; denn ich finde, das macht sie vornehm.

GEDÄCHTNISWETTE BEI HOFE

Auf den Schiebetüren der Nordseite im Seiryodenpalast sind Bilder zu sehen, welche die stürmisch bewegte See und schreckliche Ungeheuer mit langen Armen und Beinen darstellen. Wenn man vom Kokidenpalast hereinkommt, steht man diesen Schreckbildern unmittelbar gegenüber. Als wir eines Tages über die Bilder plauderten und lachten, wie schrecklich sie seien, stellten einige

Diener einen blauen Riesenkrug auf und füllten ihn mit blühenden Kirschbaumzweigen, so daß die unheimliche Stimmung dieser Ecke vollständig verändert wurde.

Zur Mittagszeit erschien Fürst Korechika, der Bruder der Kaiserin. Er trug ein rosafarbenes Seidengewand und eine violettfarbige Pluderhose. Ein weißes Untergewand guckte ein wenig hervor, ein rotes aber noch mehr.

Da der Kaiser sich hier im Zimmer aufhielt, nahm der Fürst vor dem Eingang Platz und erstattete dem Kaiser Bericht. Hinter den Bambusvorhängen saßen die Hofdamen. Ihre Überkleider, die ihnen lässig um die Schultern hingen, schimmerten in rosa, malvenfarbigen und gelben Farben.

Man hörte die Schritte der Diener, die die Mittagstafel des Kaisers vorbereiteten. Sie trugen die Schüsseln und riefen dabei «Oshi-oshi».

Es war ein wunderbarer Frühlingsmittag, sonnig und verträumt. Ein Kammerdiener meldete, daß angerichtet sei. Der Kaiser erhob sich und ging durch die mittlere Türe zum Kaiserlichen Speisezimmer. Fürst Korechika begleitete ihn, kehrte aber bald zu seinem alten Platz vor den Kirschblüten zurück.

Nun hob die Kaiserin den Vorhang hoch und trat hervor, um mit ihrem Bruder direkt zu sprechen. Alles war so eindrucksvoll, daß alle Zuschauer bezaubert waren. Schön war es auch, anzusehen, wie der junge Fürst langsam und mit viel Anmut das alte Lied summte:

«*Tage und Monde vergehen,*
doch der Palast am Mimuroberge steht wie in uralter Zeit . . .»

Wahrlich, man möchte diesen edlen Leuten tausend Jahre wünschen!

Bald darauf hörte man die Stimme des Kämmerers, der die Diener zum Tischabdecken rief, und der Kaiser kam zurück. Er befahl mir, Tusche zu reiben. Während ich tat, wie mir geheißen wurde, mußte ich immer wieder die himmlischen Gestalten der Hoheiten anblicken und hätte beim Tuschereiben beinahe meine Finger beschmutzt.

Dann nahm der kaiserliche Herr einen Bogen Papier, faltete ihn und sagte zu uns Damen: «Ich wünsche, daß jede von Ihnen ein Gedicht aus dem Gedächtnis niederschreibe.»

«Dem Himmel sei Gnade, was soll ich tun?» murmelte ich.

Der Fürst sagte: «Schreibt rasch irgend etwas. Hier sollen wir Männer uns nicht einmischen», zog das Tuschkästchen näher heran und drängte: «Nur rasch, rasch, nicht lange nachgedacht! Irgendein Gedicht, das euch einfällt, wird genügen.» Ich weiß nicht, warum ich so zögerte. Ich errötete heftig; in meinem Kopf schwirrten die Gedanken durcheinander. Die anderen Damen schrieben Gedichte über den Frühling oder über Blumen, wenn auch nach vielem Zögern. Nun war die Reihe auch an mir. Mein Gedanke kam auf ein altes Gedicht:

Die Jahre vergehen,
Das Alter häuft sich,
Nur der Anblick der Blumen
Befreit mich von allen Sorgen.

Ich änderte beim Niederschreiben den Vers «Nur der Anblick der Blumen» in «Nur der Anblick des Herrschers».

Der Kaiser las das Gedicht und rief: «Dieser Scharfsinn ist es, den ich von dir erwartete. Darum habe ich diese Probe gewagt.»

Darauf erzählte er uns eine Geschichte aus der Regierungszeit des Kaisers Enyuin. Eines Tages befahl dieser Kaiser allen anwesenden Hofleuten, ein Gedicht aus dem Gedächtnis niederzuschreiben. Einige baten, von diesem Befehl entbunden zu werden; aber der Kaiser sagte: «Es macht nichts, wenn ihr keine gute Handschrift habt und die Verse gerade nicht mit der Jahreszeit übereinstimmen.» So mußten alle schreiben. Nun befand sich unter ihnen FürstMichitaka (der Vater der Kaiserin). Er änderte das Gedicht

Wie die Izumobucht, die stets mit Flut
gefüllt ist,
so stetig und tief liebe ich dich.

wie folgt:

Wie die Izumobucht, die stets mit Flut
gefüllt ist,
so stetig und tief gelobe ich meine Treue.

Kaiser En-yuin spendete ihm reiches Lob.

Ich war tief beschämt, und als der Kaiser dies erzählt hatte, badete ich vor Scham in Schweiß. Nur denke ich mir, jungen Leuten würde so etwas schwerlich einfallen. Auch Leute, die sonst ausgezeichnete Gedichte schreiben, verloren den Mut und konnten sich nicht besonders auszeichnen.

Später nahm die Kaiserin die Gedichtsammlung Kokinshu zur Hand, las den ersten Teil jedes Gedichtes vor und fragte dann, wer es fortsetzen könne. An einige Gedichte, die man stets im Kopfe hatte, konnten sie sich gut erinnern. Es gab aber erstaunlicherweise Gedichte, die so bekannt waren und deren Verse man doch vergaß. Saisho wußte zehn Gedichte. Aber das ist herzlich wenig. Manche wußten gar nur fünf oder sechs. Solche Leute sollten einfach ihre Unwissenheit eingestehen; aber sie waren dazu nicht bescheiden genug. «Aber es wäre wieder nicht höflich, die Fragen der Kaiserin so nachlässig zu behandeln. Wer es weiß, soll antworten», widersetzten sie sich. Sie hatten doch recht. Denn die Kaiserin las dann den zweiten Teil solcher Gedichte, die niemand beantworten konnte, und wir sagten seufzend: «Natürlich, das ist's. Was mag bloß mit unserm Gedächtnis los sein?»

Schließlich sprach die Kaiserin: «Diejenigen unter euch, die diese Sammlung gern abschreiben, sollten jedes Wort in ihr auswendig wissen», und erzählte uns folgende Geschichte.

Es trug sich zu Lebzeiten des Kaisers Murakami zu. Die damalige Herrin des Palastes Senyoden war die Tochter des Ministers zur Linken und ist heute noch bekannt. Als sie noch jung war, sagte ihr Vater zu ihr: «Für die Bildung einer adligen Frau ist eine gute Handschrift das wichtigste. Dann mußt du im Kotospielen alle anderen übertreffen. Und schließlich mußt du es als deine Aufgabe ansehen, alle Gedichte aus der Kokinshu-Sammlung auswendig zu lernen.»

Später, als sie die kaiserliche Gemahlin geworden war, erinnerte sich der Kaiser an diese Geschichte, die ihm einmal zu Ohren gekommen war. An einem Fastentag ließ der Kaiser einen Wandschirm vor sich schieben, damit er von seiner Gemahlin ungesehen bliebe. Sie wunderte sich, was er wohl im Sinne habe. Da öffnete er das Buch Kokinshu und fragte sie nach Gedichten, die in einem bestimmten Monat eines bestimmten Jahres, bei einer bestimmten Gelegenheit, von einer bestimmten Person verfaßt worden waren.

Die Dame erriet sogleich seine Absicht und war sehr in Sorge, Schande zu ernten, falls sie etwas Falsches sage oder gar ein Gedicht vergessen habe. Der Kaiser ließ zwei oder drei Damen, die in Gedichten besonders gebildet waren, rufen und zwang die Gemahlin, mit ihnen eine Gedächtniswette einzugehen. Man sollte für jeden Fehler, den man machte, einen Stein des Go-Spiels vor sich auf den Tisch legen, damit man die

Fehler zum Schluß zusammenzählen könnte. Wie aufregend und interessant muß es gewesen sein! Wie beneidenswert sind, so meinte unsere Kaiserin, die Leute, die es mit ansahen!

Die kaiserliche Gemahlin benahm sich freilich nicht so vorlaut, daß sie sofort das ganze Gedicht aufgesagt hätte. Doch sie machte nicht einen Fehler. Der Kaiser hatte sich vorgenommen, die Prüfung zu beenden, sobald er sie beim kleinsten Fehler erwischte. Aber es ging immer weiter. Der Kaiser erstaunte und beneidete sie im geheimen.

Als sie den zehnten Band beendet hatten, meinte er, heute Schluß zu machen, legte ein Lesezeichen ein und ging zu Bett.

Nach einer Weile wachte er auf und dachte: Wir wollen doch noch heute zu Ende kommen. Wer weiß, vielleicht liest sie jetzt gerade die Gedichte noch einmal nach. Er zog das Licht näher heran und fragte weiter bis in die späte Nacht hinein. Aber die Kaiserin blieb unbesiegt.

Sogleich, nachdem der Kaiser den Palast

betreten hatte, teilte man dem Minister zur Linken mit, was sich zutrug. Der Vater war äußerst besorgt und sandte Botschaften an viele Tempel, daß die Priester für seine Tochter beten sollten. Er selber wandte sich in die Richtung des Palastes und las stundenlang Gebete.

«Rührend war es», schloß die Kaiserin, «daß er so leidenschaftlich um seine Tochter bemüht war.»

Der Kaiser hatte auch zugehört und bewunderte diese ungewöhnliche Geschichte. «Wie konnte aber», sagte er, «Kaiser Murakami so viele Bände durchlesen? Ich hätte schon nach dreien oder vieren aufhören müssen.»

Jemand bemerkte, daß in diesen alten Zeiten selbst niedere Leute Eifer und Ausdauer für alle Dinge besaßen. Heutzutage hört man so etwas nicht mehr.

Alle Anwesenden unterhielten sich über diese Geschichte, und ich beobachtete sie mit einem glücklichen Gefühl.

Man hat irgend jemandem, der mit Sicherheit kommen sollte, einen Wagen geschickt, und nun wartet man. Der Wagen kommt mit Gepolter zurück, wird in den Schuppen gestellt, und man hört den Lärm der zu Boden fallenden Deichsel. Man wundert sich über ein derartiges Geräusch und erkundigt sich, was das alles bedeuten soll. Der Kutscher gibt brüsk zur Antwort, der Betreffende sei nicht dagewesen. Damit führt er aus dem Schuppen den Ochsen hinter sich her.

Oder: Man hat an irgend jemanden einen Brief abgeschickt, den man mit besonderer Sorgfalt geschrieben hat, und in Gedanken sah man sich schon beim Lesen der Antwort. Diese läßt jedoch auf sich warten. Der Bote hätte schon längst da sein müssen; wie seltsam ist seine Verspätung, so denkt man und wartet. Doch der Brief, den man mit so viel Liebe und Sorgfalt geschrieben und zusammengefaltet hatte, kommt beschmutzt und zerknittert wieder zurück, und die Tusche, die die Geheimnisse übermitteln sollte, ist völlig verwischt. Der Bote erstattet Bericht und erklärt: «Der Betreffende war nicht zu Hause», oder «Man gab mir zur Antwort, heute falle auf den Betreffenden der Fastentag, und man wollte das Schreiben nicht in Empfang nehmen.» So etwas ist ärgerlich.

Eine Dame hört zu nächtlicher Stunde ein leises Klopfen an ihrer Tür. Ihr Herz fängt wie wild zu schlagen an, und schüchtern fragt sie, wer da sei. Aber es ist nicht der, den sie erwartete, sondern eine ganz fremde Stimme antwortet ihr.

Der Teufelaustreiber erklärt, er werde den bösen Geist bändigen, und er gibt sich den Anschein, als sei er dessen ganz sicher. Er läßt sich seinen Zauberstab und seinen Rosenkranz bringen, dann nimmt er Platz und beginnt mit seiner Fistelstimme zu lesen. Währenddessen deutet nichts darauf hin, daß der Dämon aus dem Raum entweichen und der göttliche Schutz sich bemerkbar machen will. Die Verwandten des Kranken, die alle versammelt sind und ihre Gebete hersagen, fangen an, Zweifel zu bekommen. Der Teufelaustreiber scheut keine Mühe und spricht länger als zwei Stunden seine Zauberformeln vor sich hin, und dann meint er plötzlich zu seiner Entschuldigung, daß der Einfluß des Himmels heute nicht wirksam werde und es besser sei, nach Hause zu gehen. Er rauft sich die Haare, gähnt, und ehe er es sich versieht, hat ihn der Schlaf übermannt.

Zu einem Edelmann, von dem man allgemein der Ansicht war, daß er dieses Jahr bestimmt zum Gouverneur einer Provinz ernannt werden würde, kommen Leute, die einst zu seinem Hause gehörten und jetzt weit weg auf dem Lande wohnen, in Scharen herbeigeeilt. Es herrscht ein ständiges Kommen und Gehen, und jeder will den edlen Herrn bei seinem Besuch zum Tempel begleiten, um für die Sicherung des Postens zu beten. Es wird gegessen, getrunken und gejohlt; doch der Morgen des letzten Tages, an dem die Ernennungen verkündet werden, bricht an, und niemand erscheint an der Tür, um die erwartete freudige Nachricht zu überbringen. Man ist erstaunt und spitzt die Ohren und hört von weitem die Stimmen der Weibel, die zum Hofgefolge gehören. Die hohen Würdenträger, die an der Verkündung der Gouverneurernennung teilgenommen haben, scheinen alle den Palast zu verlassen. Die Diener, die man nach Nachrichten ausgesandt hatte und die seit dem gestrigen Abend zähneklappernd gewartet hatten, kehren langsam und widerwillig zurück, und die im Haus versammelten Gäste, die dem edlen Manne besonders nahe stehen, wagen keine Frage zu stellen. Nur die Leute aus der Provinz erkundigen sich, was für einen Titel ihr einstiger Herr und Gebieter erhalten habe. Man ist um eine ironische Antwort nicht verlegen und erklärt: «Er ist Exgouverneur der und der Provinz!»; aber jene, die tatsächlich mit einer Ernennung ihres Herrn gerechnet hatten, empfinden die ganze Situation doch im höchsten Maße als peinlich. Am nächsten Morgen ziehen die Gäste, die das Haus bis unter das Dach bevölkert hatten, stillschweigend von dannen: allein und zu zweit. Die anderen aber, die im Dienste ihres Herrn alt geworden sind und ihn nicht verlassen können, gehen nichtstuend auf und ab und rechnen sich an ihren zehn Fingern aus, in welcher Provinz im kommenden Jahr wiederum ein Gouverneurposten zu besetzen sein wird.

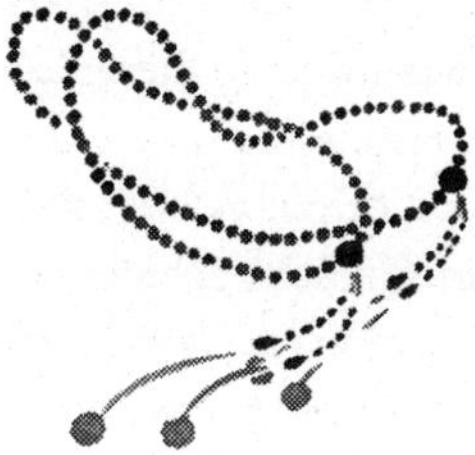

Ein Hund, der am hellichten Tage bellt.

Ein neugebautes Kinderzimmer, nachdem der Säugling gestorben ist.

Ein Feuerbecken ohne Feuer.

Ein Kutscher, der seine Zugtiere lieblos behandelt.

Ein angesehener Gelehrter, der immer nur Töchter bekommt.

Man besucht des Richtungswechsels[6] wegen einen Bekannten; dieser aber weigert sich, einen aufzunehmen.

Es ist auch ernüchternd, wenn man jemandem sein Gedicht schickt, das man selber für wohlgelungen hält, und kein Antwortgedicht bekommt. Auf ein Liebesgedicht muß man nicht unbedingt antworten. Doch gehört es in diesem Fall zum guten Geschmack, ein unverfängliches Antwortgedicht über die Landschaften oder Jahreszeiten zu verfassen.

Jemand empfängt einen Boten, der ein Geschenk zur Geburt eines Kindes oder zum Abschied eines Freundes bringt, und gibt ihm kein Gegengeschenk.

PEINLICHE ÜBERRASCHUNG

Bei festlichen Angelegenheiten pflegt man sich kunstvoll bemalte Fächer zu schenken. Man wendet sich rechtzeitig an einen begabten und fähigen Künstler, der einem besonders empfohlen worden ist, und wenn dann der Tag herannaht und man den Fächer wieder zugestellt bekommt, entdeckt man mit Entsetzen, wie abscheulich die Bilder sind. Auch im schlimmsten Fall hatte man damit nicht gerechnet. Wie unangenehm ist das!

Der Besuch eines Gastes in dem Augenblick, da man gerade aus dem Haus gehen will. Ist es jemand, dem es nichts ausmacht, so kann man ihn verabschieden und ihm sagen: «Ein anderes Mal!» Ist es aber eine Respektsperson, so ist das höchst unangenehm.

Ein Säugling, der in dem Augenblick zu schreien anfängt, da man gerade auf etwas hinhorchen will.

Ein Hund, der den Geliebten, welcher sich heimlich zu einem schleichen will, stellt und bellt. Man möchte ihn am liebsten gleich totschlagen!

Die Ratten sind unangenehm.

Man legt sich zu Bett und will schlafen. Eine Mücke schwirrt einem ständig um das Gesicht. Ihr Herumfliegen verursacht einen unangenehmen Luftzug, der schwach, aber recht spürbar ist.

Flöhe bereiten sicherlich niemandem eine Freude, wenn sie auf dem menschlichen Körper hin und her tanzen und man den Eindruck hat, als wollten sie das Gewand in die Höhe heben. Aber Hunde können noch unsympathischer sein, wenn sie unaufhörlich in den höchsten Tonlagen jaulen.

Man hat die Dummheit begangen und einen Mann heimlich bei sich nächtigen lassen, und da fängt er an zu schnarchen. Wie unangenehm ist das!

Wenn einer, den man nicht empfangen möchte, zu Besuch kommt und, während man sich schlafend stellt, jemand sich naht, um uns zu wecken, dabei ein Gesicht macht, als ob er sagen wollte: «Die Herrschaft ist gar zu schläfrig», und uns mit der Hand wachrüttelt.

Die unangenehmste Person, die man sich vorstellen kann, ist der Ehemann einer Amme. Handelt es sich bei dem zu betreuenden Kind um ein Mädchen, so mag es noch angehen; denn er kümmert sich nicht darum. Ist es jedoch ein Junge, dann macht er sich wichtig, ist immer an seiner Seite, trifft alle Anordnungen und überwacht ihn wie ein Erzieher. Jeden, der sich den erhabenen Wünschen des Kindes widersetzt, auch wenn sie noch so unwichtig sind, straft er mit Verachtung. Das Dienstpersonal behandelt er wie das liebe Vieh. Sein Benehmen ist wahrlich höchst seltsam, und doch wagt niemand, ihm zu widersprechen. Mit triumphierender Miene entscheidet er alles.

WAS VERÄCHTLICH BEHANDELT WIRD

Die Nordseite eines Hauses.

Ein Mensch, der als zu gutmütig bekannt ist.

Eine Greisin, die das Höchstalter überschritten hat.

Ein leichtsinniges Frauenzimmer.

Eine abgebröckelte Lehmmauer.

WAS ZUM SCHLUSS OFT VERNACHLÄSSIGT WIRD

Die heiligen Pflichten eines Fastentages.

Vorbereitungen, die sich über mehrere Tage hinziehen.

Bei einem mehrtägigen Aufenthalt im Tempel[7] wird man am Ende nicht mehr mit so großer Spannung und der nötigen Ehrfurcht am Gottesdienst teilnehmen.

Ein Liebhaber stattet dir, ohne daß jemand es merken soll, zu nächtlicher Stunde einen Besuch ab, und er hat zu diesem Zweck sein festliches Gewand angelegt. Als er schließlich wieder zum Aufbruch drängt, aus Furcht, bei dir gesehen zu werden, läßt er klirrend etwas zu Boden fallen. Wie unangenehm! Die Sache wird nicht besser, als er sich nach dem fallengelassenen Gegenstand bückt und beim Wiederaufrichten mit seinen Schultern den Vorhang herunterreißt. Es entsteht ein ohrenbetäubender Lärm, obwohl doch gewöhnlich, wenn man den Vorhang behutsam zur Seite schiebt, nichts zu hören ist. Genau so abscheulich ist es, wenn man mit Gewalt die Schiebetür öffnet. Ein leichtes Anheben beim Öffnen vermeidet auch hier jedes Geräusch.

Man wärmt sich die Hände über dem Kohlenbecken, dabei reibt man sich die Hände immer wieder, als wollte man sich die Runzeln glattstreichen, dreht die Hände um und tut wieder dasselbe. Ich finde diese Angewohnheit schrecklich! Junge Leute tun so etwas nicht. Ausgerechnet die Alten machen damit alle auf ihre häßlichen Hände aufmerksam.

Man will sich auf einer Strohmatte niederlassen und treibt den Staub mit dem Fächer weg. Ich dachte, nur niedrige Leute benehmen sich derartig; aber sogar die Männer vom Zeremonienamt tun es.

Betrunkene, die schreien, sich den Mund mit den Fingern abwischen, den Bart fortwährend streichen und andere zwingen, zu trinken, sind scheußlich.

Andere beneiden und das eigene Los beklagen, seine Mitmenschen verfluchen und sich für die unwichtigsten Dinge begeistern, alles wissen wollen und es sehr übelnehmen, wenn man einem nicht die erwünschte Auskunft erteilt, oder bewußt in allen Einzelheiten über Dinge sprechen, von denen man nur den kleinsten Teil erfahren hat, und sich den Anschein geben, als sei man von Grund auf mit ihnen vertraut — all das ist wirklich abscheulich.

Mit quiekendem Kuhwagen zu fahren, ist geschmacklos. Wenn ich so einen Wagen geborgt bekomme, so platze ich vor Ärger über den Besitzer.

EINE ANWEISUNG FÜR KAVALIERE

Ein Kavalier, der beim ersten Anbruch der Morgendämmerung seine Geliebte verläßt und dabei im Halbdunkel umhertappt, nach Fächer und Notizbuch sucht und vor sich hinmurmelt: «Wie merkwürdig! Wo habe ich das Zeug nur hingelegt?» — solch ein Mann ist wirklich ein armseliger Tropf.

Schließlich findet er die vermißten Dinge, umständlich verbirgt er das Notizbuch in seinem Gewand, und bevor er sich verabschiedet, öffnet er geräuschvoll seinen Fächer, um sich Kühlung zu verschaffen. Überflüssig, zu sagen, daß ein solches Verhalten verabscheuungswürdig ist. Es ermangelt jeder Anmut und Würde.

Nicht anders ist es mit dem Kavalier, der seine Geliebte in stockdunkler Nacht verläßt und vor seinem Aufbruch die Bänder seines Hutes erst sorgfältig binden muß.

Wer würde es ihm zu so später Stunde vergen, wenn er den Hut einfach aufsetzen und die Bänder lose herunterhängen lassen würde? Selbst wenn sein Gewand etwas in Unordnung geraten wäre, würde ihn niemand um diese Zeit deswegen tadeln.

Gerade beim Abschied stellt es sich heraus, was der Mann für ein Mensch ist. Er seufzt und ist traurig, daß er schon aufbrechen muß. Nur widerwillig erhebt er sich, wenn sie beschwörend zu ihm sagt: «Oh, der Tag bricht schon an, jetzt mußt du aber gehen!» Noch einmal kommt er ihr ganz nah und flüstert ihr Zärtlichkeiten ins Ohr, die er ihr während der Nacht nicht oft genug gesagt hat. Unauffällig kleidet er sich dann an, öffnet behutsam die Fenster, und wenn er sich schließlich zum Aufbruch entschließt, gehen sie gemeinsam bis zum Gartentor. «Wie endlos wird dieser Tag ohne dich sein!» gesteht er ihr klagend beim Abschied. Wenn er sich so verhält, muß sie ihm noch lange mit ihren Blicken folgen, indem ihr Herz mit Seligkeit und Trauer erfüllt wird.

Wie verabscheuungswürdig ist dagegen ein Liebhaber, der sich mit einem Sprung vom gemeinsamen Lager erhebt, aufgeregt im Zimmer hin und her läuft, um seine Siebensachen zusammenzusuchen, und, wenn er sich schließlich umständlich angekleidet hat, mit ganzer Kraft seine Jackenbänder festbindet. Wenn er dann beim Hinausgehen noch nicht einmal das Gartentor hinter sich schließen sollte, so wird sie ihn eines Tages nur noch hassen.

WAS EIN MANN NICHT TUN SOLLTE

Ein Mann, mit dem du ein Verhältnis hast, spricht dir gegenüber lobend von einer Frau, die er früher gekannt hat. Sein Erlebnis gehört zwar inzwischen der Vergangenheit an; aber es ist dadurch für dich nicht weniger unangenehm und peinlich.

Leute, die es nicht verstehen, Briefe mit den richtigen Höflichkeitsausdrücken zu verfassen, können verachtet werden. Ich hasse sie deshalb, weil sie dem Briefeschreiben keine Bedeutung beilegen und es mit einer Leichtsinnigkeit erledigen, mit der sie sich in der Welt zurechtzufinden glauben. Es ist aber wiederum ungeschickt, sich auf eine übermäßige Höflichkeit zu versteifen. Wenn ich einen unhöflichen Brief bekomme, ärgere ich mich natürlich. Ich kann auch nicht gleichgültig bleiben, wenn ein anderer einen solchen erhält.

Auch beim Unterhalten fühle ich mich sehr unbehaglich, wenn einer unhöflich spricht. Besonders abscheulich ist es, über eine ehrwürdige Person ohne die richtigen Höflichkeitsausdrücke zu sprechen. Dagegen sollte man keine Höflichkeitsformen[8] benutzen, wenn es sich um seine eigenen Angestellten handelt. Diese Lächerlichkeit verdoppelt sich, wenn man dazu noch die Angestellten in der Bescheidenheitsform[8] anspricht. Eine wenig anmutige Erscheinung kann, wenn sie im Wortgebrauch erlesen und vornehm ist, immer eine bereitwillige Zuhörerschaft finden. Vielleicht gibt es aus diesem Grunde Leute, die sich mit floskelhaften Ausdrücken wichtig machen — um nur ausgelacht zu werden.

Es ziemt sich nicht, die hohen Beamten des Palastes rücksichtslos bei ihrem wirklichen Namen zu nennen. Diese Sitte aber wird heute leider nicht mehr genau eingehalten. Dagegen spricht man oft sogar die Angestellten bei den Hofdamengemächern mit «Dame» an. Natürlich fühlen sie sich sehr geschmeichelt, und ihre Lobreden auf die Person, die so etwas gesagt hat, kennen kein Ende.

Außer in Gegenwart des Kaisers und der Kaiserin ruft man hohe Beamte des Hofes nur mit dem Amtstitel. Auch sollte man in Gegenwart des Kaisers und der Kaiserin von sich selber nicht mit «ich» sprechen. Es gibt jedoch genug Leute, die es doch tun. Wie verabscheuungswürdig!

WAS HERZKLOPFEN VERURSACHT

Frisch ausgeschlüpfte Vöglein im Nest, weil sie so hilflos sind.

Wenn man zwischen herumkriechenden Säuglingen hindurchgehen muß.

Ein schöner Mann von hohem Stand, der vor meinem Hause den Wagen anhält und vom Gefolge um Eintritt bitten läßt.

Allein in einem Raume zu liegen, der von Weihrauch erfüllt ist.

Wenn ich mir die Haare gewaschen und die Kleider, die frisch mit Weihrauch parfümiert sind, angezogen habe, so klopft mein Herz vor Wohlgefühl, wenn mich auch niemand sieht.

Man erwartet den Geliebten zu nächtlicher Stunde und achtet ängstlich auf jeden Laut. Plötzlich wird man vom Geräusch eines Platzregens aufgeschreckt, den der Wind gegen die Bambusjalousien peitscht.

WAS DAS HERZ ERFREUT

Ein geschickter Kutscher treibt seinen mit den aus einer Schauvorstellung oder einer Festversammlung zurückkehrenden Gästen vollbeladenen Wagen sehr schnell.

Ein Boot, das flußabwärts fährt.

Ein Schluck Wasser, wenn man mitten in der Nacht erwacht.

WAS ICH NICHT GERN HABE

Wenn ein Mann, der eigentlich nicht besonders anziehend ist, einen mit gezierter Stimme anspricht und sich gefallsüchtig benimmt.

Einen harten Tusch-Reibstein, auf dem man die Tusche nicht gut reiben kann.

Neugierige Hofdamen, die ihre Nasen in alle Angelegenheiten stecken.

Wenn eine Person, die ich ohnehin nicht mag, etwas tut, was ich besonders nicht mag.

Einen Mann, der sich allein von seinem Kuhwagen aus eine Vorstellung anschaut, während andere stehen müssen. Er sollte andere, auch niedrige Leute, die die Vorstellung sehen wollen, in den Wagen einladen. Er denkt nicht daran, und man sieht durch den Schleiervorhang des Wagens, wie er aufgeblasen drinnen sitzt.

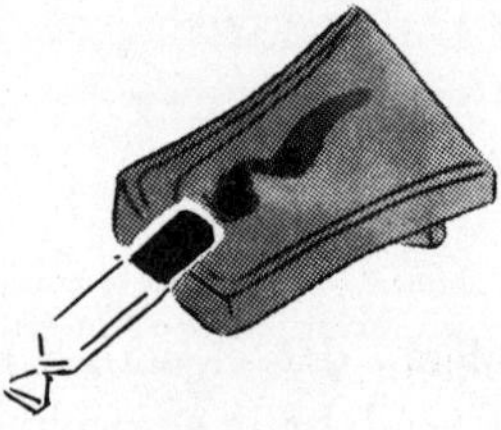

WAS SÜSSE ERINNERUNGEN ERWECKT

An einem Regentag, an dem man sich schrecklich langweilt, findet man plötzlich die Briefe eines früheren Geliebten.

Eine helle Mondnacht.

Der Stoffrest eines früher angefertigten Kleidungsstückes, der sich plötzlich zusammengepreßt in einem Buche findet.

Der Fächer, den man im vorigen Jahr gebraucht hat.

ÜBER DAS PREDIGEN

Ein Prediger sollte ein gutaussehendes Gesicht haben; denn wenn man ihn ansehen kann, richtet man seine Aufmerksamkeit auf ihn und empfindet besser die erhabene Heiligkeit dessen, was er sagt. Blickt man woanders hin, ohne daß man will, so vergißt man zuzuhören, und wenn daher der Priester häßlich ist, so lebt man in dauernder Furcht, die Strafe des Himmels zu verdienen. Doch ich will nicht länger über so etwas schreiben. Junge Leute sprechen gern und unschuldig darüber. Ich aber, in meinem Alter, fürchte, daß mich die Strafe des Himmels ereilt.

ÜBER DAS FEST DES FÜNFTEN TAGES DES FÜNFTEN MONATS

Nichts kann man mit dem Fest des fünften Tages des fünften Monats vergleichen. Gerade zu dieser Zeit blühen so wohlriechende Pflanzen wie Kalmus und Beifuß. Alle Häuser, vom Palastgebäude bis zur Bettlerhütte, wetteifern, sich ihre Dächer möglichst dick mit Kalmusblättern zu bedecken. Das ist eine interessante Sitte und nur für dieses Fest bestimmt.

Im Palast der Kaiserin gibt es auch eine alte Sitte: man hängt Kusudamas, das sind mit buntfarbigen Bändchen geschmückte Kugeln, an den Pfeilern des Baldachins auf, welche bis zum Chrysanthemenfest am neunten Tag des neunten Monats hängenbleiben sollen. Am Tage des Chrysanthemenfestes werden die Kusudamas weggenommen und dafür in Rohseide eingepackte Chrysanthemenblüten aufgehängt, die wiederum am Maifest mit neuen Kusudamas ausgewechselt werden. Gewöhnlich aber bleiben diese Kusudamas nicht unversehrt bis zum Septemberfest, weil man die Bändchen für verschiedene Verwendung abreißt.

An diesem Feste schmücken junge Leute ihre Frisur mit Kalmusblüten und ihre Kleider mit Kalmuswurzeln. Auch die kleinen Mädchen, die draußen spielen, belustigen sich an allerlei Verzierungen an ihren Kleidern, und die kleinen Freundinnen vergleichen ihren Blumenschmuck. Diese eitlen Putzdamen gehen äußerst vorsichtig herum. Da aber kommen schlimme Buben, rauben ihnen den Schmuck und rennen davon. Großes Geschrei und viel Geheule ist die Folge.

Zedachblumen werden mit purpurnem Papier geschmückt, Kalmusblätter mit blauem Papier, während Kalmuswurzeln mit weißem Papier gebunden werden.

Es ist eine anmutige Sitte, Briefe an diesem Festtage in ein langes Kalmusblatt einzuwickeln. Überhaupt schreibt man an diesem Tage Briefe an Adlige und Fräulein in einem besonders feierlichen und graziösen Stil. Darum versammeln sich gute Freunde und besprechen sich, wie sie solche Briefe verfassen sollen.

Gegen Abend ruft der Kuckuck besonders eindrucksvoll.

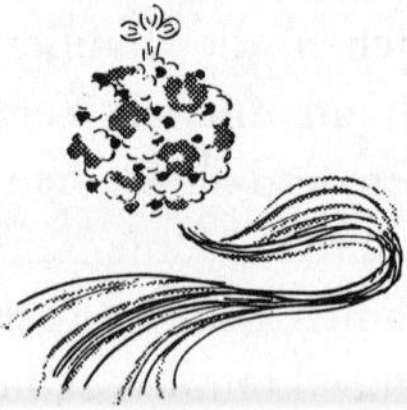

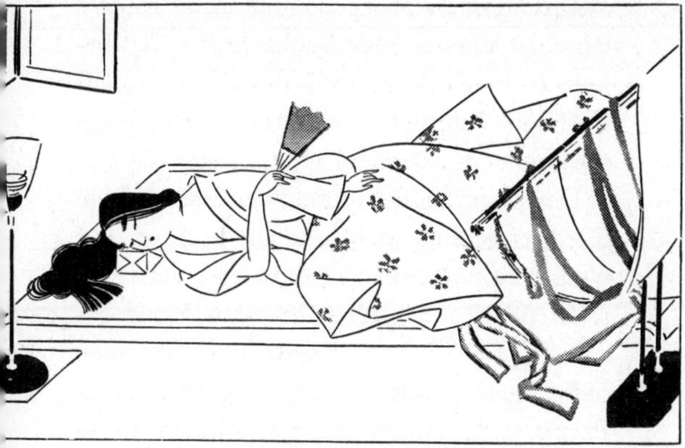

IN EINER SOMMERMORGENDÄMMERUNG BELAUSCHT

Im Juli gibt es nichts Angenehmeres, als die Nacht bei offenen Türen und Fenstern zu verbringen. Wie bezaubernd ist doch eine Mondnacht, wenn ich so daliege und den Mondschein betrachte, ab und zu einschlummernd, sooft ich schläfrig werde.

Während einer Morgendämmerung machte ich einst eine reizende Beobachtung. Ich bemerkte in einer nahen Wohnung das weitgeöffnete Zimmer einer Dame, aus dem ein schwacher Lichtschein schimmerte.

Der Mann muß sie schon verlassen haben. Sie aber schlief noch, und ihr leichter, nur wenig zerknitterter Seidenüberwurf war ihr während des Schlafes über den Kopf gerutscht. Der Überwurf war, wenn ich mich nicht täusche, aus dünner, doppelt gelegter Purpurseide, außen heller und innen dunkler. Unter dem Überwurf guckte eine hochrote Hakama[9] hervor, die scheinbar noch ungebunden war, und die blauschwarzen, ungewöhnlich langen Haare umflossen die am Boden liegende Gestalt in schönen Kurven.

Da tauchte aus dem Morgennebel ein junger Mann auf. Über seine purpurrote Hose und hauchdünne braune Jacke hatte er einen vom Nebel feucht gewordenen Überzug lose umgeworfen. Auf seinen etwas in Unordnung geratenen Haaren saß der leicht zerdrückte Hut. Er schien in Eile zu sein, nach Hause zu kommen, um möglichst schnell einen Brief an seine Geliebte zu schreiben, die er eben verlassen zu haben schien.[10] Vergnügt summte er ein Liebeslied.

Nun aber bemerkte er vorbeigehend das weitgeöffnete Zimmer und guckte neugierig hinein, den Bambusvorhang ein wenig aufhebend. Er lächelte, als er die Frau, die ihm bekannt war, schlafen sah, genau so, wie es jetzt wohl seine Geliebte auch tun mochte. Ihr Geliebter mußte sie auch so früh verlassen, weil er nicht von anderen gesehen werden wollte, dachte sich wohl der junge Mann mit dem roten Überwurf.

Nicht weit von ihrem Kopfkissen lag ein ausgebreiteter Fächer von violetter Farbe. Um den Kleiderständer herum lagen rosafarbene Papiere wie Blumenblätter auf der Erde verstreut.

Durch das Rascheln der Kleider erwachte die Frau und guckte vorsichtig unter dem Überwurf hervor. Der Neugierige lächelte, indem er sich an einen Pfeiler lehnte. Es war ein guter Bekannter von ihr, vor dem sie ihre Liebschaft nicht zu verheimlichen brauchte. Sie wußte aber, daß sie sich in einer solchen Situation nicht allzu intim benehmen sollte. Es war ihr auch unangenehm, ihm ihr verschlafenes Gesicht zeigen zu müssen.

«Ihr habt ja einen wunderbar festen Morgenschlaf!» scherzte er und beugte sich noch weiter vor, den Bambusvorhang beiseite schiebend.

«Nennt Ihr mich Langschläfer, nur weil Ihr so früh aufstehen mußtet?» erwiderte sie. — Für mich war es interessant, zu beobachten, wie die beiden sich neckend, doch mit Ruhe unterhielten.

Plötzlich schob er sich vorwärts, um mit seinem eigenen Fächer den neben ihrem Kopf liegenden Fächer an sich heranzuschieben. Da erschrak sie gewaltig, weil sie dachte, er wolle ihr zu nahe treten. Sie klammerte sich ängstlich an ihrem Überwurf fest. Es war reizend! Der Mann aber betrachtete ruhig ihren Fächer und sagte schäkernd:

«Warum benehmt Ihr Euch mir gegenüber so kühl?»

Es wurde allmählich heller, und ich bedauerte anderseits, daß dieser Mann die Zeit verpaßt hatte, den Brief an seine Geliebte zu schreiben, was der Grund seiner Eile gewesen war.

Draußen, vor dem Hause der Frau, stand bereits der Bote mit dem Brief, der an einen vom Morgentau tropfenden Baumzweig gebunden war. Also hatte der Geliebte dieser Frau schon geschrieben! Der Bote stand verlegen da und konnte ihr den Brief nicht übergeben, da bei ihr ein anderer Besucher war. Ich konnte den Wohlgeruch, mit dem der Brief parfümiert war, bis in mein Zimmer hinein riechen.

Noch bevor es ganz hell wurde und die reizende Stimmung sich verflüchtigte, verabschiedete er sich von ihr.

Von allen Baumblüten ist die Pflaumenblüte die schönste. Die Kirschblüten stehen ihr an Schönheit nicht nach, doch nur dann, wenn die Blüten groß und die Zweige dünn und fein sind. Die Blätter müssen dabei ein tiefes, jedoch glänzendes Grün haben.

Ebenso bezaubernd sind die dicken, langen Trauben der Glyzinienblüten, soweit sie ihre frische Farbe nicht verlieren. Die Blüte der Deutzie ist alles andere als würdevoll, erblüht jedoch in der interessanten Jahreszeit. Man sagt, der Kuckuck verstecke sich gern hinter den Deutzienblüten. Das finde ich wirklich hübsch. Oft begegnet man Deutzien in einer ländlichen Vorstadt, zwar als wüste Hecke um ärmliche Häuser, und man ist überrascht, daß ihre schneeweißen Blüten gar nicht so übel sind.

Gegen Ende April oder Anfang Mai blühen die Tachibanabäume.[11] Am liebsten betrachte ich sie am Morgen nach einem Regen, wenn die dicken grünen Blätter und die weißen Blüten wie neu glänzen. Oft sind dabei die Früchte gewachsen. Diese goldenen Bälle bilden einen prächtigen Gegensatz zum schneeigen Weiß der Blüten und zum glänzenden Grün der Blätter. Sie stehen dann an Schönheit den betauten Kirschblüten nicht nach.

Die Birnblüten mag ich nicht besonders gern. Wir Japaner vergleichen sie oft mit dem unliebsamen Gesicht einer Frau, da ihre Farbe so nüchtern ist. Dagegen schätzt man sie in China über jede Baumblüte. «Ein Zweig Birnblüten im Frühlingsregen», so beschrieb man die traurige Kaiserin Yang, die berühmteste und schönste Frau Chinas.

Schön ist das Purpur der Paulowniablüte; doch das Laub ist grob und häßlich. Trotzdem darf man diesen Baum nicht mit anderen gewöhnlichen Bäumen gleichstellen; denn er hat etwas Vornehmes an sich.

ÜBER DIE VÖGEL

Der Papagei ist aus dem Auslande gekommen und ist wohl der interessanteste Vogel. Wie gut kann er nachahmen, was die Menschen sagen! Sympathische Vögel sind auch der Kuckuck, die Wasserralle und die Schnepfe.

Der Kupferfasan ist ein trauriger Vogel. Er ruft fortwährend nach seinem Genossen und ist getröstet, wenn man ihm einen Spiegel vorhält. Der Kranich hat eine nicht gerade vornehme Gestalt; aber sein Schrei ist so hell und durchdringend, als könnte er den Himmel erreichen. Dann wären noch der rotköpfige Sperling und der Kernbeißer zu nennen. Der Reiher hat häßliche Augen. Ich finde ihn in jeder Hinsicht abscheulich; doch nein — wenn er in einem Gedicht beschrieben wird,

Im Walde von Yurugi,
Sogar die Reiher streiten sich,
Um nicht allein zu schlafen ...

ist er interessant.

Unter den Wasservögeln sind die Brautenten am reizendsten. Wie liebevoll streift sich ein Brautentenpaar gegenseitig den Schnee von den Flügeln!

Die Nachtigall wird in der japanischen Literatur ihrer schönen Stimme wegen immer wieder gepriesen. Wie bedauerlich und merkwürdig ist es doch, daß sie sich nie innerhalb des kaiserlichen Palastbereiches zeigt! Zuerst konnte ich es nicht glauben; aber tatsächlich habe ich während meines zehnjährigen Aufenthaltes bei Hofe niemals ihre Stimme im Palastgarten gehört, obwohl es da an schönen Pflaumenbäumen nicht fehlt. Geht man nur einen Schritt aus dem Palasttor, so hört man sie sogar auf den unscheinbarsten Pflaumenbäumen in öden Gärten prächtig trillern. Die Nachtigallen singen auch im Sommer und den ganzen Herbst hindurch, doch ist ihre Stimme dann heiser und jämmerlich geworden. Sie bekommen dann den verächtlichen Namen «Insektenfresser». Hätten sie nur im Frühling gesungen, wäre ihnen diese Schande erspart geblieben. Wer hätte der Krähe oder dem Reiher solche Aufmerksamkeit geschenkt? Nur weil die Nachtigall ihren Ruhm als singendes Vöglein genießt, wird sie derartig herabgewürdigt. Dies erteilt auch dem Menschen eine Lehre.

Ich brauche hier nicht mehr besonders hervorzuheben, wie sehr die Stimme des Kuckucks geschätzt wird. Man ist ehrgeizig genug, seinen ersten Ruf im Jahre zu erhaschen, und scheut nicht davor zurück, im Mai eine ganze Regennacht aufzubleiben in der festen Überzeugung: heute wird gewiß ein Kuckuck auftauchen. Und richtig! Kurz nach Mitternacht erklingt seine bekannte, eigentümlich helle Stimme vom dunklen Himmel. Wie eindrucksvoll ist sie! Man kann dann vor lauter Aufregung nicht mehr still sitzenbleiben! Es ist mir auch sehr sympathisch, daß man schon im Juni nichts mehr vom Kuckuck zu hören bekommt.

Alle Lebewesen, die in der Nacht singen oder schreien, finde ich wunderlich, mit einer Ausnahme: den Säugling.

DIE FREUDEN EINES SOMMERREGENTAGS

Was soll man im Juli an einem stürmischen Tag mit heftigem Regen tun?

Man kann ruhig den Fächer vergessen und ein Mittagsschläfchen halten in einem dünnen, vom Schweiß ein wenig feuchten Kleid. Das ist das Angenehmste, was man tun kann.

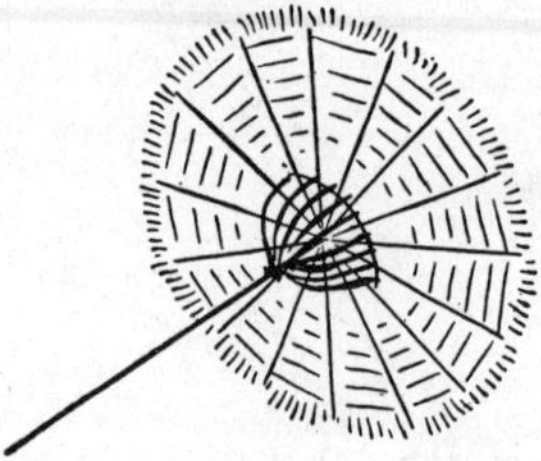

WAS SCHLECHT ZUSAMMENPASST

Weiße Seidenkleider zu dürftigem Haarwuchs. – Malvenblüten im krausen Haar.

Schnee auf dem Dach geringer Leute. Wenn der Mond darauf scheint, ist's jammerschade.

Eine alte, schwangere Frau, die keuchend einhergeht. Ebenso eine alte Frau, die mit einem jungen Mann verheiratet und eifersüchtig ist.

Die Aufregung eines ältlichen Liebhabers, wenn er den rechten Augenblick, sich zu entfernen, verschlafen hat.

Auch der Anblick eines bärtigen Alten, der Eicheln kaut, ist schrecklich.

Wenn ein altes Weib ohne Zähne saure Pflaumen ißt und dabei den Mund verzieht.

Eine vom Gesinde im eleganten scharlachroten Gewand — neuerdings ist dies allgemein Mode.

VOM AUSSEHEN DER BEDIENSTETEN

Dienstburschen und Säuglinge gefallen mir am besten, wenn sie dick sind. Die Beamten einer leitenden Stelle der lokalen Behörde sollten auch dick sein; denn die mageren sehen oft nervös und kleinlich aus.

Von dem Gefolge, das den Wagen eines Würdenträgers oder einer Hofdame begleitet, wird gewöhnlich der Bursch, der den Ochsen führt, am meisten vernachlässigt und schäbig angezogen. Das finde ich aber nicht richtig; denn er geht allen voran und fällt am meisten auf.

Leute, die wohlhabend genug sind, um mehrere Diener zu haben, versäumen es oft, diese ordentlich anzuziehen. Wenn man aber zu Besuch kommt und von sauber gekleideten, hübschen Burschen bedient wird, ist einem wohl zumute, und man fühlt Achtung vor dem Hausherrn.

EINE FRAU IST AM SCHÖNSTEN, WENN SIE VOM SCHLAF ERWACHT IST

Vor einem Wandschirm unseres Wohnflügels stand Hofsekretär Yukinari und flüsterte recht lange mit jemandem. Ich kam näher und fragte ihn durch den Bambusvorhang: «Mit wem plaudert Ihr denn?» — «Benno-naishi ist die Schöne», antwortete er mir. «Laßt doch das vertrauliche Flüstern sein!» rief ich. «Wenn Herr Daiben kommt, wird sie sich sowieso nicht mehr um Euch kümmern.» Darauf lachte er und sagte: «Wer hat Euch so etwas erzählt? Gerade sagte ich ihr, sie solle mich nicht im Stich lassen.»

Der Hofsekretär ist eine elegante Erscheinung. Er bemüht sich nicht besonders, die Aufmerksamkeit anderer auf sich zu ziehen. Er ist einfach das, was er ist. Von dieser Aufrichtigkeit weiß jeder, der ihn kennt; aber darüber hinaus schätze ich ihn als einen tiefen Geist. Deshalb pflegte ich in Anwesenheit der Kaiserin oft zu bemerken, daß er alles andere als ein alltäglicher Mann sei. Er erkannte mich auch an und verglich unsere Freundschaft mit dem Sprichwort:

«*Eine Frau schmückt sich für ihre*
Geliebten,
ein Krieger stirbt für seinen Freund.»

«Wie die Weide am Ufer Totomis, die immer weiter wächst, auch wenn sie noch so oft beschnitten wird, wollen wir es mit unserer Freundschaft halten», das haben wir uns versprochen.

Aber die jungen Frauen am Hofe sprachen von ihm gar nicht Lobenswertes: «Niemals zitiert er aus den Heiligen Sutren, niemals versucht er, ein Liedchen zu singen. Er ist ein humorloser Mann.» Er spricht mit solchen Frauen auch nicht viel. Er sagte oft: «Eine Frau mag ihre Augen, ihre Augenbrauen und ihre Nase nicht gerade an der richtigen Stelle haben, trotzdem könnte sie mir gefallen, wenn sie einen zärtlichen

Mund, ein volles Kinn, einen lieblichen Hals und eine süße Stimme besäße. Jedoch gebe ich zu, daß eine häßliche Frau abscheulich ist.» Daher wollen sich solche Frauen, die ein mageres Kinn haben und über keine besonderen Reize verfügen, an ihm rächen und stoßen Schimpfworte über ihn aus, selbst in Gegenwart der Kaiserin.

Einmal sagte er zu mir: «Da wir so gut befreundet sind, daß sogar die Leute davon sprechen, weiß ich nicht, warum Ihr Euch immer noch davor scheut, mir Euer Gesicht zu zeigen.»

«Weil ich sehr häßlich bin», erwiderte ich. «Habt Ihr nicht gesagt, eine häßliche Frau sei scheußlich? Deshalb zeige ich mein Gesicht nicht!» — «Gut denn, zeigt Euer Gesicht nicht!» antwortete er mir. Es gab später einige Male Gelegenheit, in der er mein Gesicht in der Nähe hätte betrachten können. Aber er versteckte seine Augen mit dem Ärmel. Ich bewunderte seine Aufrichtigkeit.

Eines Frühmorgens schlummerte ich zusammen mit meiner Kollegin Shikibu-noomoto in einem Nebenzimmer, als sich die Türe plötzlich öffnete und der Kaiser und die Kaiserin eintraten. Wir waren sehr bestürzt, und die beiden lachten vergnügt, als wir unsere Überwürfe eiligst anzogen. Das kaiserliche Paar beobachtete sehr interessiert, wie die Leute vor dem Zimmer hin und her liefen. Manche Hofleute, die keine Ahnung hatten, daß das hohe Paar sie durch den Bambusschleier betrachtete, kamen näher und warfen uns scherzhafte Worte zu. Und der Kaiser flüsterte: «Nicht verraten, daß wir hier sind!»

Als sie dann gehen wollten, rief die Kaiserin: «Kommt nur mit, Ihr beiden.» — «Aber, Majestät, wir müssen zuerst ein wenig Toilette machen», riefen wir einstimmig. Nachdem sie weggegangen waren, rühmten wir noch eine Weile die Schönheit des jungen Paares. Zwischendurch bemerkte ich an der Südtüre, neben dem seidenen Wandschirm, einen Schatten. Annehmend, daß es Noritaka, ein Kammerdiener, sei, schwatzten wir unbekümmert weiter.

Der Mann guckte plötzlich herein mit

lächelndem Gesicht; aber immer noch dachte ich, es sei Noritaka — — — bis ich den Hofsekretär Yukinari erkannte und mich überrascht hinter dem Wandschirm verbarg. Shikibu hatte es besser, weil sie ihm den Rücken zuwandte. Er kam herein und sagte zu mir: «Nun habe ich Euch gesehen, wie Ihr wirklich seid.»

«Ach, ich dachte, es sei Noritaka. Darum kümmerte ich mich nicht viel darum.» Dann fragte ich noch: «Ihr habt immer gesagt, Ihr wollt mich nicht sehen. Warum gebt Ihr Euch dann so viel Mühe, mein Gesicht zu betrachten?»

«Weil ich gehört habe, Frauen seien am schönsten, wenn sie gerade vom Schlaf erwacht sind. Darum besuchte ich ein gewisses Zimmer, und dann kam ich hierher. Ich wünschte Euch auch so zu sehen. Ich bin schon da, seit der Kaiser hier war, und Ihr habt mich überhaupt nicht bemerkt!»

Seit diesem Morgen kommt er ungehindert zu mir durch den Bambusvorhang.

Auf ein Wandbrett in der Palastküche, auf das man sonst die Eßschüsseln zu tun pflegte, hatte jemand seine Schuhe getan. Es gab deshalb eine große Aufregung, und die oberen Beamten beschlossen, daß der Besitzer der Schuhe die Reinigungszeremonie abhalten solle.

Das gesamte Küchenpersonal aber wußte schon, daß das niemand anderer gewesen sein könnte als Masahiro. Doch sie verstellten sich vor den Beamten und taten so, als ob sie nichts wüßten, um diesen einfältigen Kämmerer zu schützen. Dieser aber trat selbst aus dem Hintergrund hervor und rief mit lauter Stimme: «Mir gehören die schmutzigen Dinger. Gebt sie her, gebt sie her!»

Das ist wirklich echt Masahiro!

WAS VORNEHM IST

Schnee auf Pflaumenblüten.[12]
Glyzinienblüten.
Ein bildschönes Kind, das Erdbeeren ißt.
Eine weiße Jacke auf hellvioletter Weste.
Entenkücken.
Ein Rosenkranz aus Bergkristall.

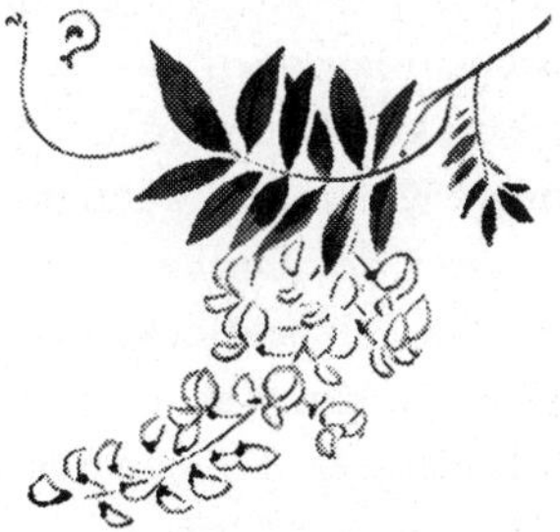

RENDEZVOUS UND JAHRESZEITEN

Ein heimliches Rendezvous ist im Sommer am interessantesten. Die Nacht ist kurz, und unerwartet beginnt es zu dämmern. Man hat gar nicht geschlafen! Türen und Fenster waren die Nacht über offen, und so kann man jetzt die Landschaft betrachten. Während sich die Liebenden immer noch nicht trennen können und miteinander flüstern, fliegt in der Nähe ein Vogel mit hellem Schrei vorbei. Man wird aus seinen Träumereien geweckt. – Wenn man sich vor der schneidenden Kälte des Winters mit dem Geliebten unter der Decke verkriecht und von weitem die Tempelglocke den Tagesanbruch verkündet, klingt es, als käme der Ton unter dem Boden hervor. Man hört auch den Hahnenschrei, der erst leise und allmählich immer hörbarer an unser Ohr dringt und uns langsam zur Besinnung ruft.

DINGE, DIE SICH NICHT VERGLEICHEN LASSEN

Sommer und Winter.
Tag und Nacht.
Regen und Sonnenschein.
Jugend und Alter.
Freude und Zorn.
Schwarz und Weiß.
Liebe und Haß. — Ein Mann wird wie ein anderer Mensch, wenn seine Liebe abgekühlt ist.

Ein Schwiegersohn, den sein Schwiegervater lobt. Auch eine Schwiegertochter, der die Schwiegermutter wohlgesinnt wäre. Untergebene, die nicht über ihre Vorgesetzten lästern. Menschen, die bei nahem Zusammenleben doch den Eindruck machen, daß sie Distanz halten und darauf bedacht sind, sich auch nicht im geringsten gehen zu lassen, habe ich noch nicht gesehen. Während des mühsamen Abkopierens alter Schriften bleiben die Vorlagen selten ohne Tuschflecken. Daß Männer, Frauen oder Priester, die sich innige Herzensfreundschaft geloben, einander bis zuletzt gut bleiben, ist eine Seltenheit. Ebenso mühelos zu behandelnde Dienerschaft.

IN DER NACHT

Unter den uns Hofdamen zugewiesenen Zimmern sind die «Galeriezimmer» die angenehmsten. Im Sommer weht der kühle Wind durch die geöffneten Fenster. Im Winter tanzen die Schneeflocken und Hagelkörner lustig herein.

Da sich die Galerie an den Durchgang anschließt, hört man vieles, was draußen vor sich geht. In dieser Galerie liebe ich das Gefühl, immer aufmerksam zu bleiben, schon bei Tage, vielmehr aber in der Nacht, wenn man wirklich ein wachsames Auge haben muß. Die ganze Nacht hindurch hört man das leise Kommen und Gehen der Männer im Korridor. Einmal verharren die Schritte vor einem Zimmer. Ich höre sogar ein leises, verstohlenes Klopfen mit dem Finger an die Tür. Meistens kann ich vermuten, wer es ist. Zuerst läßt die Frau ihn eine Weile klopfen; doch sie wünscht nicht, daß er denke, sie schlafe. Darum läßt sie ihn durch ein leises Rascheln ihres seidenen Gewandes wissen, daß sie wacht. Im Sommer höre ich, wie er seinen Fächer bewegt. Im Winter ist sogar das leise Klirren der Eisenstäbchen hörbar, wenn sie Holzkohle im Becken aufschichtet. Das hört er auch, wird ungeduldig und klopft etwas lauter. Sie gleitet an die Türe und lauscht noch ein Weilchen mit klopfendem Herzen und schalkhaftem Lächeln.

Wenn Männer aber zu mehreren kommen, dann rezitieren sie Gedichte oder singen ein Liedchen. In dem Fall müssen sie gar nicht klopfen, und die Tür wird gleich geöffnet. Da nicht alle in einem kleinen Zimmer Platz nehmen können, stehen einige draußen, sogar vor meinem Zimmer.

Zur Zeit der Musikproben für das Kamo-Fest soll man unbedingt einmal in einem dieser Galeriezimmer sein. Die Offiziere paradieren in der Nacht vorbei, indem sie ihre Fackeln so hoch halten, daß wir oft Angst haben, die Dächer oder die Bäume könnten anbrennen. Dabei verstecken sie ihre Köpfe im hohen Uniformkragen, so daß es aussieht, als ob die Fackeln alleine tanzend marschieren würden. Die Adligen gehen singend und flötespielend an uns vorüber, und einige bleiben zu einer kleinen Plauderei stehen.

Wenn die Probe bei Anbruch der Morgendämmerung zu Ende ist, so warten wir wachend auf die Rückkehr der Tänzer und Musikanten. Diesmal ist es noch interessanter, weil die Leute mehr Zeit haben und gemächlich daherkommen. Es gibt aber nüchterne Männer unter ihnen, die schnurstracks nach Hause eilen, ohne einen Seitenblick auf uns zu werfen. Wir lachen über sie, und eine von uns ruft einen solchen Mann an: «Könnt Ihr ein bißchen mit uns plaudern, lieber Herr? Die Nacht ist so schön. Es wird Euch nichts schaden, wenn Ihr ein wenig da verweilet.» Aber auch der süßesten Stimme schenken solche Männer kein Ohr. Als wären sie krank oder vom Teufel verfolgt, beschleunigen sie ihre Schritte und gehen geraden Weges von dannen.

Ein Mädchen ist aus eigenem Wunsche Hofdame geworden und beklagt sich immer wieder, daß ihre Arbeit bei Hofe zu mühsam sei. Sie gibt schließlich ihren Beruf auf und kehrt heim aufs Land, um von dort, von ihren Eltern getadelt, wiederum zum Hofe zurückzukehren.

Ein häßliches Kind zu adoptieren, ist sinnlos.

Die Eltern zwingen ihre Tochter, einen Mann zu heiraten, den sie gar nicht mag, und beschweren sich nachher, daß die Ehe nicht so gut sei, wie sie erwarteten. So etwas ist höchst unlogisch.

WIE ICH DEM OBERSTEN HOFSEKRETÄR IMPONIERTE

Der oberste Hofsekretär hatte unwahre Gerüchte über mich gehört, einfach alles geglaubt und wollte nichts mehr mit mir zu tun haben. Man sagte mir auch, daß er in schimpflicher Weise über mich gesprochen habe. Es wäre denn, daß alles der Wahrheit entspräche. Früher oder später wird er eines Besseren belehrt werden, dachte ich und lachte nur darüber.

Gegen Ende Februar, als es regnete und wir uns langweilten, kam eine Kollegin zu mir und berichtete, daß der oberste Hofsekretär unsern Freundschaftsabbruch sehr bereue und die Absicht habe, mit mir zu sprechen. «Das kann ich doch nicht glauben», entgegnete ich ihr, und im gleichen Augenblick hörte man draußen eine Stimme. «Soundso ist da und hat eine Botschaft für die Dame Sei Shonagon.» Ich schickte jemanden hinaus, um zu fragen, um was für eine Botschaft es sich handle, bekam aber zur Antwort, daß der Bote einen Brief habe, den er nur mir persönlich übergeben wolle. Ich ging hinaus, und der Bote gab mir den Brief mit den Worten: «Das schickt Euch der oberste Hofsekretär. Für Eure sofortige Antwort wäre er Euch sehr verbunden.» Ich wunderte mich, zeigte aber kein Interesse und steckte den Brief einfach in die Tasche, den Boten verabschiedend. Dann mischte ich mich wieder unter die Gesellschaft und unterhielt mich eine Weile.

Da kam der Bote wieder zurück und sagte: «Mein Herr befahl mir, den Brief sofort zurückzuverlangen, wenn die Dame nicht gleich antworte.» Der Befehlston ärgerte mich; aber meine Neugier war doch größer als der Ärger. Ich öffnete den Brief und fand darin ein sehr schön auf hellblaues, dünnes Papier geschriebenes Zeilchen eines chinesischen Gedichtes:

Staatssekretariat in Blumenpracht
Unter dem Brokat des Palastes.[13]

und darunter stand:

Wie heißt die folgende Zeile?

Wenn die Kaiserin da wäre, wäre sie sicher interessiert, dachte ich. Sollte ich als Frau zur Antwort noch dazu chinesische Schriftzeichen unschön schreiben? Nein, denn man würde mich für unfraulich halten. Der Bote drang fortwährend in mich wegen der Antwort, und so schrieb ich denn auf japanisch mit einem Stück ausgegangener Holzkohle, das ich aus dem Feuerbecken herausnahm:

Wer würde besuchen
meine Einsiedlerhütte?

Dies gab ich dem Boten. Eine Antwort darauf habe ich nicht bekommen.[14]

Am nächsten Morgen kam Herr Tsunefusa, ein Bekannter von mir, auf mein Zimmer und rief:

«Ist die Einsiedlerhütte da? Ist die Einsiedlerhütte da?»

«Wenn Ihr nach einem Juwelenpalast verlangt hättet, so würde ich antworten, er sei hier», sagte ich.

«Welche Freude! Welche Freude, daß ich Euch endlich finde!» rief er überschwenglich. «Ich bin gekommen, um Euch von der Aufregung gestern abend im Zimmer des obersten Hofsekretärs zu erzählen. Dort waren einige Herren versammelt, und das Gespräch kam auf Eure Angelegenheit. Da sagte der Hofsekretär etwas betrübt: ‚Ich will eigentlich wieder mit ihr Freundschaft schließen. Lange Zeit habe ich darauf gewartet, daß sie mich wieder ansprechen möge. Sie aber denkt scheinbar gar nicht daran. Ihr kaltes Wesen betrübt mich wahrhaftig. Ich bin schon ungeduldig geworden und will heute die ganze Sache so oder so ins klare bringen.' So schickte er den Boten zu Euch, der aber gleich wieder zurückkam und berichtete: ‚Sie wollte den Brief nicht lesen und zog sich zurück.' Der Hofsekretär war sehr enttäuscht und schickte den Boten mit der Anweisung wieder weg, er solle unbedingt eine Antwort bringen. Wenn die Dame nicht antworten wolle, solle er den

Brief zurückverlangen. Der Bote kam sofort zurück und übergab seinem Herrn den Brief von vorhin. Wir dachten enttäuscht, daß Ihr ihn einfach zurückgesandt hättet. Der Hofsekretär öffnete ihn, las und stöhnte laut vor Entzücken. Alle Anwesenden versammelten sich um ihn.

‚Schaut, was für eine Schlaue sie doch ist! Ach, ich kann sie doch nicht im Stich lassen', sagte er.[15] Um die passende Oberzeile zu dichten, grübelten wir Männer noch lange, und vergebens! Wer könnte auch ein gescheites Wörtchen finden, das mit Eurem genialen Einfall wetteifern könnte?» So erzählte er und sagte zum Schluß:

«Wir beschlossen, Euch von nun an ‚Dame Einsiedlerhütte' zu nennen.»

Später, als ich zur Kaiserin ging, erzählte sie mir, daß auch Seine Majestät, der Kaiser, alles erfahren habe und daß die Herren meine Zeile auf ihre Fächer geschrieben hätten. Als ich das hörte, wollte ich vor Scham in die Erde versinken.

Der oberste Hofsekretär hat mich seither nicht mehr gemieden.

DIE ANTWORT MIT SEEGRAS

Wenn ich mich während meines Urlaubes in mein Haus zurückziehe und Herrenbesuch vom Hofe bekomme, so falle ich nur in den Mund der Klatschbasen und komme in üblen Ruf. Ich kümmere mich zwar nicht viel darum, da ich kein Geheimnis habe. Aber nicht so sehr Befreundete besuchen mich ohne jede Rücksicht, und das belästigt mich sehr. Dann kann ich mich dem Besucher nicht verleugnen lassen und gerate oft in eine peinliche Situation.

Darum habe ich diesmal geheimgehalten, wohin ich mich zurückgezogen habe. Nur Herr Tsunefusa und Norimitsu wissen es. Dieser kam zu mir und erzählte mir folgendes:

«Als ich gestern mit Tsunefusa zusammen war, kam Hofrat Tadanobu und quälte uns, ihm deinen Schlupfwinkel zu verraten. Wir verstellten uns und taten so, als ob wir es nicht wüßten. Aber es war geradezu eine Qual, verneinen zu müssen, was man bejahen will. Mich kostete es jedenfalls große Mühe, mich des Lachens zu enthalten. Tsunefusa hingegen ließ sich nichts anmerken und verzog keine Miene. Hätten sich meine Blicke mit seinen todernsten getroffen, so wäre ich in Gelächter ausgebrochen. Um das Lachen zu unterdrücken, raffte ich etwas Seegras, das sich gerade in der Nähe befand, und stopfte es mir in den Mund. Man hat sich sicher über mich gewundert, daß ich zu einer komischen Zeit ein so komisches Essen einnahm. Was hätte ich aber sonst tun sollen? Dadurch konnte ich mich gottlob vor dem Verrat bewahren. Ist es nicht amüsant, daß der Herr Hofrat mir doch geglaubt hat?» — Ich schärfte ihm ein, daß er beileibe nichts verraten solle.

Eines Nachts klopfte jemand heftig an meiner Tür, und ich ließ fragen, wer es sei. Es war ein Diener Norimitsus mit einem Brief für mich. Der Brief lautete: «Morgen findet im Kaiserlichen Palast der Fastentagdienst statt. Der Herr Hofrat wird den ganzen Tag dort sein. Er wird mich sicher drängen, ihm Deine Adresse bekanntzugeben, und ich bin nicht so gewiß, ob ich standhaft genug bleiben kann. Darf ich es ihm endlich sagen? Oder noch nicht? Ich werde mich so benehmen, wie es Dir am liebsten ist.» — Ich schrieb keine Antwort und gab dem Diener nur ein bißchen in Papier eingepacktes Seegras mit dem Auftrag, er solle es seinem Herrn einfach geben.

Später kam Norimitsu zu mir und sagte: «Damals quälte mich der Herr Hofrat die ganze Zeit bis in die Nacht hinein. Ich habe ihm schließlich irgendeinen falschen Ort angegeben. Übrigens, der Diener brachte mir an jenem Abend ein bißchen wertloses Seegras von dir. Hat er das nicht mit deinem Antwortbrief verwechselt?» Ich war sprachlos. Daß er den Wink nicht verstanden hatte, ärgerte mich. Ich schrieb ein Gedichtchen auf die Ecke eines Stück Papiers und gab es ihm, ohne ein Wort zu sagen.

Wie eine Fischerin, die ins Meer taucht,
habe ich kein Haus, darin ich Besuch
empfangen könnte.
Wie eine Fischerin, die ins Meer taucht,
kenne ich kein schöneres Geschenk
als ein bißchen Seegras,
das den Mund verschließt.[16]

«O je, schon wieder ein Gedicht!» rief er. «Ich werde es jetzt nicht lesen», und verschwand, sich hastig Kühlung zufächelnd.

Ich vertrug mich mit Norimitsu recht gut. Wir halfen einander und plauderten oft zusammen. Eines Tages, als unsere Freundschaft nachgelassen hatte, schrieb er mir:

«Wenn Dir einmal ein Unrecht widerfahren sollte und Du mich schon lange nicht mehr gesehen hast, so betrachte mich als Deinen Bruder, wie wir es uns versprochen haben.» Einst hatte er mir gesagt: «Wer mit mir Freundschaft schließen will, soll mir kein Gedicht schenken. Wer es doch tut, den betrachte ich als meinen Feind. Wer mir die Freundschaft kündigen will, schenke mir ein Gedicht.»

Trotzdem sandte ich als Antwort dieses Briefes ein Gedicht:

Wären die Geschwisterberge von Imose
gestürzt,
würde der Freundschaftsfluß von Yoshino
nicht mehr bestehen.

Ich bekam keine Antwort. Es nimmt mich nur wunder, ob er mein Gedicht verstanden hat. Jedenfalls bekam er später ein Amt außerhalb des Palastes und entfernte sich von unserem Kreise. Unsere Freundschaft wurde nicht mehr aufgewärmt.

DIE WETTE ÜBER DEN SCHNEEBERG

An einem Tag, noch vor der Mitte des zwölften Monats, hatte es sehr viel geschneit. Die Hofdamen machten sich einen Spaß daraus, aus Schnee Miniaturberge herzustellen. Schließlich sagten sie: «Es wäre noch lustiger, wenn wir im Garten einen großen Schneeberg machen würden», riefen die Diener herbei und beauftragten sie, «auf Befehl der Kaiserin» Schnee im Garten hoch aufzuhäufen. «Wer heute an der Herstellung des Schneeberges teilnimmt, wird reichlich belohnt», sagten die Damen.

Viele Freiwillige meldeten sich, und im Nu war der Berg fertig. Nachdem die Arbeiter Seidenstoffe als Belohnung erhalten hatten, fragte uns die Kaiserin: «Wie lange wird wohl der Schneeberg halten?» Manche meinten zehn Tage oder etwas mehr. Ich aber sagte: «Er wird bis zum fünfzehnten des ersten Monats nächsten Jahres da sein.»

«Ich zweifle», erwiderte die Kaiserin, und andere behaupteten auch, daß er nicht einmal bis zum Jahresende leben werde.

In meinem Herzen dachte ich: Ich habe für zu lange geschätzt. Ich hätte sagen sollen, er wird bis zum Neujahrstag bleiben. Ich will aber meine Aussage nicht mehr zurückziehen.

Gegen den zwanzigsten des Monats regnete es. Der Schneeberg aber gab sich nicht den Anschein, zu verschwinden. Er war nur etwas flacher geworden. Wie verrückt betete ich zur Kwannon.

Als das Jahresende heranrückte, wurde der Berg bedeutend kleiner; doch war er noch immer groß genug, daß man hinaufsteigen und auf ihm herumgehen konnte.

Am Neujahrstage schneite es erneut recht viel, worüber ich mich sehr freute. Die Kaiserin aber sagte: «Nein, das geht nicht. Der neue Schnee muß vom Berg entfernt werden.»

Am zweiten Tag des neuen Jahres ragte

der Berg noch so gewaltig in die Höhe wie der Schneeberg des Koshiji, der in einem alten Gedicht besungen wird. Obwohl er sehr schmutzig aussah, bewunderte ich ihn und hatte ein angenehmes Gefühl, so, als hätte ich die Wette schon gewonnen.

Meine Kolleginnen meinten noch immer, er werde nicht länger als bis zum siebenten halten. Nun kam bedauerlicherweise die Mitteilung, daß die Kaiserin für einige Tage in den Palast des Kaisers ziehen werde. Ich mußte natürlich mitgehen und würde also das Ende des Berges nicht mehr sehen können. «Ach, wie schade!» sagten die andern, «wir haben auch großen Spaß daran gehabt.» Die Kaiserin bedauerte es auch.

Ich rief einen Gärtner, der gerade im Garten eine Hecke stutzte, herbei und beauftragte ihn, auf den Schneeberg achtzugeben. «Bis zum fünfzehnten muß der Berg bleiben», sagte ich ihm, «behüte ihn vor den Kindern, die daraufsteigen und ihn zertreten könnten. Wenn du den Berg bis zum erwähnten Tage bewahren kannst, wirst du von der Kaiserin belohnt. Ich werde mich für deine Mühe auch erkenntlich zeigen.» Dabei schenkte ich ihm schon im voraus Früchte und andere Dinge.

Während meiner Abwesenheit sandte ich dem Gärtner öfter Geschenke, weil ich so sehr um den Berg besorgt war. Jeden Morgen schickte ich einen Boten aus, um sich nach dem «Wohlbefinden» des Berges zu erkundigen. Der Bote berichtete am zehnten des Monats, daß sich der Berg noch etwa fünf Tage halten würde. Freude mischte sich mit Bangen.

Am dreizehnten regnete es heftig am Abend. «Euer Schatz wird diese Nacht nicht überleben», sagten die andern und lachten über meine Verrücktheit, weil ich wegen des Regens die ganze Nacht über weinte. Als es anfing zu dämmern, wollte ich wie gewöhnlich den Boten schicken, der aber heute merkwürdigerweise immer weiterschlief und nicht aufstehen wollte. Darum bat ich einen anderen, der gerade schon auf den Beinen war, nach dem Schnee zu sehen. Er kam bald zurück und berichtete, daß noch so viel Schnee übriggeblieben sei wie ein Kissen. «Der Gärtner behütet ihn sehr aufmerksam. Ich glaube, der Schnee wird sogar bis übermorgen bleiben», fügte er hinzu. Ich war himmelfroh und dachte: Morgen werde ich ein Gedicht verfassen. Den Schnee werde ich in eine kostbare Schüssel tun lassen und ihn der Kaiserin schenken. Ungeduldig und doch etwas beunruhigt verbrachte ich die Nacht. Kaum brach die Dämmerung des fünfzehnten an, sandte ich den Boten mit der Schüssel ab: «Bringe diese Schüssel voll schönen weißen Schnees. Den schmutzigen sollst du entfernen!» befahl ich. Unerwartet schnell kam der Bote mit der leeren Schüssel zurück und sagte: «Der Schnee ist schon längst verschwunden.»

Mein Herz stockte. «Aber das ist doch nicht möglich. So viel Schnee kann doch nicht in einer Nacht dahinschmelzen!» rief ich aus. Aber was nützte das jetzt!

Nun mußte ich der Kaiserin alles mitteilen. Ich erzählte dabei auch von meiner Absicht, ein Gedicht zu verfassen, und fügte noch hinzu: «Ich habe einen Verdacht.

Es hätte zu unwahrscheinlich ausgesehen, wenn der Schnee gerade bis zum fünfzehnten geblieben wäre. Darum hat vielleicht jemand, der mir ein solch großes Glück nicht gönnt, den übrigen Schnee weggeworfen.» Die Kaiserin schmunzelte, und alle anderen lachten ein verstecktes Lachen.

«Deine Vermutung ist nicht ganz falsch», sagte die Herrin, «bestrafe mich, wie du willst. Ich werde ohnehin von Buddha bestraft werden; denn ich war es, die deine dir so am Herzen liegende Sache zunichte gemacht hat. Ich gestehe, daß ich am Abend des vierten den Schnee wegwerfen ließ. Der Gärtner bat um Gnade; aber ich ließ ihm sagen: ,Es ist auf Befehl der Kaiserin, du darfst auch niemanden wissen lassen, daß der Schnee nicht mehr da ist. Sollte Sei Shonagon die Wahrheit erfahren, so wird man dein Haus zerstören.' So drohten wir ihm. Ich tat es eher deshalb, weil ich Angst hatte, der Schnee würde noch bis zum zwanzigsten bleiben. In dem Fall würde der neue Schnee des Jahres darauffallen, und das schickt sich in einem kaiserlichen Garten nicht. Aber jetzt, nachdem ich alles gestanden habe, kann man wohl sagen, daß du die Wette doch gewonnen hast. Kannst du uns jetzt dein Gedicht nicht zeigen?»

Was konnte ich aber tun? Ich wäre beinahe in lautes Weinen ausgebrochen!

WAS WUNDERBAR IST

Seidenbrokat aus China.

Ein Säbel, dessen Scheide verziert ist.

Die Holzäderung einer Buddhastatue.

Wenn ein Doktor der Literatur wirklich etwas vom Fach versteht, so ist es überflüssig, zu sagen, daß das etwas Wunderbares ist. Mag er äußerlich noch so unscheinbar sein und auch den niedrigsten Kreisen angehören, in der Welt gilt er auf jeden Fall als große Persönlichkeit. Er unterhält sich mit den ehrenwerten Fürsten, und sie ziehen

ihn in allen Fragen, die sein Gebiet betreffen, zu Rate. Meiner Ansicht nach hat er einen herrlichen Beruf. Da er gewöhnlich auch in der Schriftkunst bewandert ist, schreibt er eigenhändig die Gebete auf, die der Kaiser an die Götter richtet. Er wird dann mit Lob und Anerkennung überschüttet, und das ist wirklich wunderbar.

Ein gelehrter Priester ist auch etwas Wunderbares.

Das Vorlesen der Sutra tönt wunderbar, wenn sie von vielen Priestern gleichzeitig gesungen wird.

Ein überaus geräumiger Garten im Schnee ist wunderbar.

WAS EINEN ERFRISCHENDEN ANBLICK BIETET

Ein starker Platzregen, der sich auf die im Teiche schwimmenden Lotosblätter ergießt.

MEINE LIEBLINGSFARBE

Alles, was purpurviolett ist, gefällt mir, ganz gleich, worum es sich dabei handelt: ob um Blumen, Fäden oder Papier. Eine Ausnahme mache ich nur bei der Schwertlilie, die ich ihrer Form wegen nicht mag. Die Farbe finde ich allerdings bezaubernd. Ich glaube, wenn mir die Beamten des sechsten Ranges, die die Nachtwache bei Hofe versehen, so gut gefallen, so ist das auf das Violett ihrer Gewänder zurückzuführen.

EIN BEZAUBERNDER AUGENBLICK

In Gegenwart der Kaiserin hatte man den ganzen Tag musiziert. Als sich die Herren und Damen zurückzogen, war es bereits halbdunkel, und man brachte der Kaiserin eine Laterne. Da die Bambusvorhänge vor ihrem Sitzplatz noch nicht heruntergelassen waren, wollte die Kaiserin es vermeiden, daß ihr beleuchtetes Gesicht von anderen gesehen werde. Sie stellte schnell ihre große Laute, die sie auf dem Schoß hatte, auf und bedeckte damit ihr Antlitz. Ihre Gewänder, die sie übereinander angelegt hatte, waren rot. Der scharlachrote, weite Ärmel, der die Laute hielt, und das rabenschwarze Ebenholz der Laute bildeten eine entzückende Farbenzusammenstellung. Dahinter schimmerte die klare weiße Stirn der Kaiserin, und ich war entzückt von diesem unvergleichlich schönen Farbenbild. Ich flüsterte der Dame neben mir zu: «Jene

Frau, die mit ihrer Laute ihr Gesicht halb bedeckt haben soll, sah doch nicht so überirdisch aus wie Ihre Majestät.[17] Denn jene Frau, wie schön sie auch gewesen sein mag, war aus bürgerlichem Stande.» Die Dame, die dies gehört hatte, stand sofort auf, bahnte sich mühsam einen Weg durch das Gedränge und berichtete der Kaiserin, was ich sagte. Die Kaiserin lächelte und fragte die Dame: «Weißt du auch, woher der Vergleich stammt?» Ich war wieder entzückt.

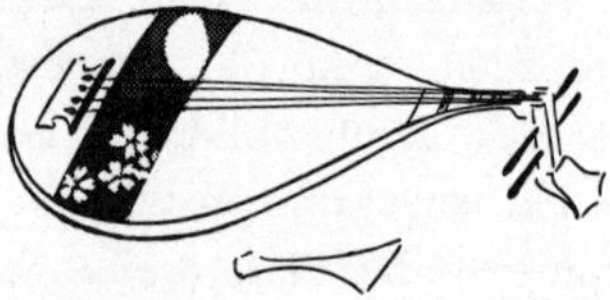

WAS SICH NICHT WIEDERGUTMACHEN LÄSST

Man hat einem Freund einen Antwortbrief geschrieben, und kurz nachdem man ihn abgeschickt hat, fallen einem die einzig passenden Worte dafür ein.

Man hat einen Boten mit einem Brief weggeschickt, den er einer bestimmten Person überbringen sollte. Auf Grund seiner Nachlässigkeit wird der Brief jedoch gerade demjenigen überreicht, der ihn auf keinen Fall hätte sehen sollen; die Sache wird nicht besser, wenn der Bote bei seiner Rückkehr, anstatt seinen Fehler offen einzugestehen, eine Diskussion anfängt und steif und fest behauptet, er hätte diesen Befehl bekommen.

Mit viel Mühe und Sorgfalt hat man Blumen gepflanzt; doch als man eines Morgens sich erneut an ihnen freuen will, gräbt einer, ohne Rücksicht auf die Blumen, den Boden um. In Gegenwart eines hohen Würdenträgers hätte der Betreffende sicherlich nicht so gehandelt; so aber nützen alle Vorwürfe nichts, die man ihm macht. «Ja, ja, nur noch ein bißchen, dann bin ich fertig», sagt er und arbeitet unbekümmert weiter; denn er weiß gut, daß wir nur Frauen sind.

DIE SCHMOLLENDE GELIEBTE

Eine junge Dame hat sich wegen einer Kleinigkeit aufgeregt; sie grollt ihrem Geliebten und verläßt das Bett, das sie mit ihm teilte. Der Mann redet in Güte auf sie ein und meint, sie solle doch wieder zu ihm kommen. Sie ist jedoch noch immer unvernünftig und schlechter Laune, und da sie anscheinend zu dickköpfig ist, erklärt er:

«Nun, ganz wie du willst», und damit zieht er sich die Decke über den Kopf. Kaum ist er etwas eingeschlummert, fängt sie zu frieren an; denn ein leichtes Nachtgewand ist alles, was sie am Körper hat, und man befindet sich mitten in der kalten Jahreszeit. Es ist schon spät, und alle Welt ist um diese Zeit in tiefen Schlaf versunken; so weiß sie nicht, was sie machen soll. Sicherlich wäre es besser gewesen, den kleinen Streit etwas früher zu beginnen, um ihn auch früher beenden zu können. In der Dunkelheit bekommt sie es sogar mit der Angst zu tun. So tastet sie sich langsam zur gemeinsamen Lagerstätte, hebt die Decke etwas hoch, schlüpft hinein und legt sich reuevoll an die Seite ihres Geliebten. Da bemerkt sie, daß er sich die ganze Zeit den Anschein gegeben hat, als ob er geschlafen hätte. «Na, willst du nicht noch etwas länger böse sein?» sagt er. Wie ärgerlich!

PEINLICHE SITUATIONEN

Man geht einem Besucher ein paar Schritte entgegen, und während man mit ihm an der Haustür die ersten Worte wechselt, dringt lautes Stimmengewirr der Familienmitglieder aus dem Inneren des Hauses. Sie sprechen gerade über etwas, was der Gast nicht hören sollte. Man hat nicht die Möglichkeit, sie zum Schweigen zu bringen, und befindet sich in einer höchst unangenehmen Lage.

In einer Gesellschaft mit einem Geliebten zusammen zu sein, der sich vollkommen betrinkt und ständig die gleichen Worte wiederholt.

Über jemanden zu sprechen, ohne zu wissen, daß er mithört, ist peinlich, selbst wenn es sich nur um einen einfachen Diener handelt.

Ein ungebildeter Mensch trägt in Gegenwart eines gelehrten Mannes eine hochmütige Miene zur Schau und versucht, mit Zitaten berühmter Männer zu glänzen.

Jemand trägt seine eigenen Gedichte vor, die man alles andere als gut findet, und erzählt, wie andere sich lobend über seine Kunst geäußert haben. So etwas ist einfach unerträglich.

Eine Mutter, die ein unschönes Kind hat, verhätschelt es und lobt es vor andern voller Stolz, indem sie die Sprache des Kindes nachahmt.

In Gegenwart eines Musikkenners spielt jemand mit selbstzufriedener Miene die Harfe, die er noch nicht einmal richtig stimmen konnte.

Ein Ehemann, der seine lobenswerte Gewohnheit aufgegeben hat, abends rechtzeitig nach Hause zurückzukehren, trifft ganz unerwartet seinen Schwiegervater in einem Haus, das sittenstrenge Leute nicht besuchen.

Man ist damit beschäftigt, einen Kamm zu reinigen, und plötzlich hakt man fest, und er zerbricht.

Man unternimmt eine Ausfahrt im Wagen, und ehe man es sich versieht, kippt der Wagen um. Vergeblich versucht man sich zu erklären, wieso bei einem soliden Fahrzeug mit schweren Rädern so etwas passieren kann. Man glaubt zu träumen; doch schließlich rufen einen die schmerzenden Knochen wieder in die Welt der Wirklichkeit zurück.

Wenn Erwachsene und Kinder über eine Angelegenheit schwatzen, die für jemanden eine Schande bedeuten würde.

Die ganze Nacht hat man auf jemanden gewartet, der bestimmt kommen sollte. Kurz vor dem Morgengrauen vergißt man einen Augenblick, darüber nachzudenken, und wird vom Schlaf übermannt. Ganz in der Nähe krächzt eine Krähe, man erwacht ganz plötzlich, und es ist hellichter Tag. Man kann es vor Staunen gar nicht fassen.

Man zwingt mich zu glauben, was ich nie gehört und gesehen habe, daher auch nicht widerlegen kann.

Der Wettbewerb im Bogenschießen wird ausgetragen. Man zittert und zittert, zögert lange Zeit, und schließlich saust der falsch angesetzte Pfeil in einer ganz anderen Richtung davon.

WAS ÄRGERLICH IST

Gosechi, Butsumyo und sonstige Winterfeste sollten bei Schnee stattfinden. Wie ärgerlich ist es, wenn es gerade dann düster regnet!

Fastenzeit im Palast, gerade wenn ein Fest gefeiert werden soll oder ein Anlaß zur Freude gegeben ist.

Eine Gesellschaft von jungen Männern und Frauen, die bei Hofe den gleichen Rang bekleiden, unternehmen eine Ausfahrt oder sonst irgendeine Besichtigung. Sie haben herrliche Gewänder an, die sie kokett aus dem Wagen hervorschauen lassen — eine eitle Absicht, die jedoch gar nicht zudringlich oder anstößig ist. Und zu ihrem großen Bedauern begegnen ihnen keine Leute der guten Gesellschaft, weder zu Pferde noch im Wagen, die solchen Spaß verstehen. Zum Schluß denken sie sich: Ach, wenn doch nur jemand käme, auch wenn es nur ein neugieriger Mann aus niederem Stande wäre, der es andern weitererzählen würde, was er gesehen hat! Solche Eitelkeit ist doch entschuldbar, und so wird man auch die Enttäuschung dieser jungen Leute verstehen.

DIE LANDPARTIE

Seit dem ersten Mai war regnerisches Wetter, und wir wußten vor Langeweile nicht, was wir anfangen sollten. Ich machte schließlich den Vorschlag, eine Wagenfahrt zu unternehmen, um dem Ruf des Kuckucks zu lauschen. Alle waren begeistert und wollten daran teilnehmen. Eine Hofdame stimmte gleich das Lied an:

«In der Ferne am Kamofluß ist eine
Brücke,
dort hört man den Kuckuck jeden Tag!»

«Das glaube ich nicht», widersprach eine andere, «wer weiß, ob es sich da nicht nur um eine harmlose Zikade handelt.»

Wir faßten jedenfalls den Entschluß, bis zur besagten Brücke zu fahren, und teilten dem wachhabenden Offizier mit, er solle uns einen Wagen direkt zur Veranda schicken.

Bei diesem Regen wird man uns sicher gestatten, gleich von hier aus wegzufahren, dachten wir, und als der Wagen vorgefahren kam, nahmen wir zu viert darin Platz und fuhren los, durch das nördliche Tor hinaus. Einige mußten zurückbleiben und wären uns gern in einem zweiten Wagen gefolgt; doch die Kaiserin winkte ab.

Unterwegs fuhren wir an der Residenz des Hofadeligen Akinobu, des Oheims der Kaiserin, vorbei. Eine von uns schlug vor, jetzt aus dem Wagen zu steigen und den Fürsten mit unserem Besuch zu überraschen. Und dieser schalkhafte Einfall wurde sofort in die Tat umgesetzt.

Fürst Akinobu Ason bewohnte ein sehr einfaches und schlichtes Landhaus. Die Wandschirme in seinem Heim sind mit geschmackvollen Pferdebildern verziert, während die Faltschirme aus feinen Bambusfasern geflochten sind. Für die Herstellung der Fensterjalousien hat man seltene Gräser verwandt. Die ganze Einrichtung des Hauses und die Möbel verraten die Vorliebe des Hausherrn für alten Stil.

Die Innenräume sind alles andere als geräumig; das Haus steht einsam und hilflos da. Trotzdem fanden wir es alle bezaubernd! Die Umgebung war voll von Kuckucksrufen. Sie sangen ununterbrochen in der Stille der Natur.

Wie schade war es doch, daß die Kaiserin und die anderen, die zurückbleiben mußten, das nicht miterleben konnten!

«Da Ihr nun einmal eine Landpartie unternommen habt, müßt Ihr Euch auch mit ländlichen Sitten vertraut machen», meinte der Fürst.

Es dauerte nicht lange, da wurden uns Reispflanzen gebracht, und junge Bauernmädchen, die gar lieblich aussahen, zeigten uns, wie man die Körner in einer drehbaren Trommel abstreift. Zwei Mädchen waren ständig damit beschäftigt, diese Trommel in Bewegung zu halten. Vergnügt summten sie ein Liedchen dazu. Wir waren durch all das Neue und die vielen Merkwürdigkeiten so beeindruckt, daß wir ganz den Kuckuck und die Gedichte[18] vergaßen, die wir über ihn schreiben wollten.

Bald darauf wurden uns Erfrischungen auf zierlichen kleinen Tischen gereicht, wie sie auf chinesischen Bildern dargestellt werden; aber niemand wagte zuzugreifen.

«Wir können natürlich nur mit sehr ländlichen Spezialitäten aufwarten», erklärte der Fürst mit einem Lächeln. «Die Gäste aber, die uns besuchen, pflegen allerdings gewöhnlich mit großem Appetit zu essen. Oft verlangen sie immer mehr und mehr, daß unser Vorrat ganz erschöpft wird. Wozu seid Ihr denn hierher gekommen, wenn Ihr diesen Dingen keine Beachtung schenken wollt?»

Um uns Mut zu machen, fügte er dann noch hinzu: «Diese Farnkrautschößlinge habe ich sogar mit eigenen Händen gepflückt!»

«Aber Ihr verlangt doch nicht», warf ich scherzend ein, «daß wir uns wie gewöhnliche Leute gemeinsam hier um die Tische herumsetzen?»

«Ach, wie Ihr Damen Euch doch an die allerstrengste Hofetikette gewöhnt!» sagte er und ließ sofort die Erfrischungen einzeln herumreichen.

So saßen wir munter beisammen und plauderten, als plötzlich die Stimme des Kutschers von draußen zu hören war:

«Es wird bald wieder regnen!»

Wir nahmen das zum Anlaß, um uns rasch zu verabschieden und wieder unsern Wagen zu besteigen.

«Sollten wir nicht hier unsere Gedichte über den Kuckuck verfassen, ehe wir losfahren?» rief ich laut.

«Das hat doch noch Zeit! Wir können es ebenso auf dem Rückweg tun», widersprachen die anderen, und so fuhren wir schließlich los.

Während der Fahrt pflückten wir einige Zweige der wilden Deutzie und befestigten sie an den Wänden und Vorhängen des Wagens. Auch das Dach bedeckten wir damit, und schließlich hatte man den Eindruck, der Wagen sei mit weißem Damast bespannt. Auch das Dienstpersonal, das uns begleitete, fand Spaß daran und war uns eifrig dabei behilflich. Wir hofften, es würde uns jemand begegnen, der diese Blütenpracht zu schätzen wüßte. Aber ach, es kamen leider nur langweilige Priester und Leute aus dem unteren Volk daher.

Als wir uns dem Kaiserlichen Palast näherten, sagten wir uns:

«Es ist wirklich traurig, daß nichts Gescheites unseren Weg kreuzt und niemand unsern köstlichen Einfall bewundert.»

Deshalb hielten wir unsern Wagen vor der Residenz des Erzkämmerers an und sandten einen Boten aus, der dem Erzkämmerer von unserer Ankunft Mitteilung machen sollte.

«Ist der Herr Erzkämmerer zu Hause? Die Damen des Hofes kehren soeben von einer Landpartie zurück.»

Im nächsten Augenblick kehrte der Bote wieder zurück und berichtete:

«Seine Exzellenz wird sofort erscheinen und bittet um einen kleinen Augenblick Geduld.»

Anscheinend wollte der umständliche Herr erst seine offizielle Hoftracht anlegen, und wir meinten daher, daß es wohl überflüssig sei, auf ihn zu warten. Ohne daher viel Zeit zu verlieren, fuhren wir mit Peitschengeknall auf und davon.

Doch wir hatten uns wohl in ihm getäuscht; denn plötzlich sahen wir ihn hinter uns herlaufen und noch im Laufen seine Gewänder in Ordnung bringen. Sein ganzes Gefolge stürmte ihm nach; es war eine richtige Meute.

«Kutscher, Ihr müßt noch schneller fahren!» riefen wir laut unserem Mann vorn zu. «Noch schneller!»

So entwickelte sich eine tolle Hetzjagd, bis er uns schließlich am Tor überholte.

Nach Luft schnappend, betrachtete er den Wagen und lachte:

«Der sieht ja so schön aus, als wäre er vom Himmel gekommen. Darf ich fragen, ob hier wirklich gewöhnliche Sterbliche sitzen? Steigt aus und laßt mich euch betrachten!»

Jetzt lachte auch sein Gefolge, das inzwischen seinen Herrn eingeholt hatte.

«Doch nun möchte ich gern erfahren, was für Meistergedichte Ihr verfaßt habt», bat er uns.

«Jetzt? Aber wo denkt Ihr hin!» erwiderte ich und machte eine ablehnende Bewegung. «Zuerst müssen wir sie natürlich der Kaiserin zeigen.»

Plötzlich kam ein unerwarteter Regenguß, und der Erzkämmerer rief klagend:

«O weh, dieses Tor hat nicht einmal ein Dach, während alle anderen genügend Schutz gegen den Regen bieten! Wie komme ich bloß wieder nach Hause? Ich rannte kurz entschlossen eurem Wagen nach, so schnell ich konnte, und jetzt scheue ich mich davor, von anderen gesehen zu werden.»

«Kommt doch mit in den Palast», schlugen wir ihm vor.

«Aber meine Lieben, wie sollte ich denn mit meiner Alltagsmütze diese heiligen Hallen betreten dürfen?» wandte er ein.

Der Regen wurde immer stärker, und unsere Leute zogen den Wagen nun rasch ins Trockene, während der Erzkämmerer, diesmal furchtbar abgespannt, mit einem Regenschirm, den ihm inzwischen ein Diener gebracht hatte, und einem Zweig der wilden Deutzie in der Hand in sein Haus zurückkehrte.

Die Kaiserin war sehr gespannt, unsere Erlebnisse zu hören, und wir erzählten ihr natürlich, wie der ehrwürdige Erzkämmerer uns schnaufend auf der breiten Straße Ichijo nachrannte. Da mußten sogar die offenbar etwas mißgestimmten Hofdamen, die uns nicht hatten begleiten können, lächeln. Schließlich aber kam die peinliche Frage:

«Und was ist nun mit euren Gedichten?»

Wir konnten es natürlich nicht verheimlichen, daß wir keine geschrieben hatten.

«Das ist wirklich bedauerlich», meinte

die Kaiserin, «die Beamten und Würdenträger des Hofes werden natürlich von dieser Landpartie erfahren. Warum habt ihr nicht gleich dort gedichtet, wo der Kuckucksruf zu hören war? Ihr hieltet es für allzu wichtig und habt die gute Gelegenheit verpaßt. Ihr seid ja wirklich unnütz. Jetzt sollt ihr mir aber noch dichten!»

Die Kaiserin hatte recht. Wir ärgerten uns selber und beschlossen, endlich einmal unsere Gedichte zu verfassen. Da wurde uns plötzlich ein Brief des Erzkämmerers überbracht, der auf weißem, mit Blumen gemustertem Papier geschrieben war. Er hatte ihn an den hübschen Deutzienzweig geheftet, den er selbst mitgenommen hatte und uns jetzt wieder zustellen ließ.

«Hätte ich gewußt, daß ihr in die Berge fahret und nach dem Kuckuck suchet, hätte ich wenigstens in Gedanken alles miterlebt.»

Die Antwort darauf mußte sogleich geschrieben werden, und so bat ich schnell jemand, der mir mein Schreibzeug holen sollte.

Die Kaiserin aber trieb zur Eile an und sagte:

«Rasch, nimm meines!» Und gleichzeitig geruhte sie sogar, mir einen Bogen Papier zu überlassen.

«Also denn», wandte ich mich an Saisho, «du mußt an erster Stelle ein paar Verse schreiben.»

«Wie käme ich dazu, der Vorrang gebührt doch dir!» gab sie zur Antwort.

So überboten wir uns in gegenseitigen Höflichkeiten, bis sich plötzlich am Himmel wieder schwarze Wolken zusammenballten und es von neuem in Strömen zu gießen anfing. Man hörte auch den Donner so mächtig rollen, daß wir ängstlich zusammenfuhren und schnell aufsprangen, um die Türen und Vorhänge zu schließen. Über dieser Aufregung wurde alles Dichten vergessen.

Das Gewitter hielt eine ganze Weile an, und erst als die Dämmerung hereinbrach, ließ es langsam nach. Da dachten wir, daß wir nun endlich an den Gedichten arbeiten könnten, als zahlreiche Hofbeamte und Würdenträger erschienen, um sich jetzt, da das Unwetter vorbei war, nach dem Ergehen der Kaiserin zu erkundigen.

Wir mußten natürlich beim Empfang der Gäste dabei sein, und so wurde es wieder nichts mit dem Dichten. Die anderen Hofdamen, die mit mir zusammen die Landpartie unternommen hatten, behaupteten jetzt, diejenige müsse das Antwortgedicht schreiben, an die der Erzkämmerer sein Gedicht gerichtet hat, und diese Person sei ich. Daraufhin kümmerten sie sich nicht mehr darum.

Was sollte ich tun? Ich hatte so gar keine Lust dazu.

«Mir wäre es am liebsten gewesen, wenn niemand etwas von dieser Landpartie erfahren hätte», äußerte ich der Kaiserin gegenüber, und sie gab mir zur Antwort:

«Du könntest sicherlich einige nette Verse zustande bringen, du müßtest nur wollen.»

Ich hatte den Eindruck, als ob sie sich etwas ärgerte.

«Wir haben nun einmal den rechten Augenblick verpaßt, und so fehlt es auch an der richtigen Eingebung.»

«Ich fürchte eher, es fehlt dir an der richtigen Konzentration», und damit schloß sie das Thema ab.

So vergingen zwei Tage, und wieder einmal unterhielten wir uns über unsere kürzlichen Erlebnisse auf dem Lande.

«Weißt du noch, wie die Farnkrautschößlinge aussahen, die der Fürst selbst gepflückt hatte?» wandte sich Saisho fragend an mich.

Die Kaiserin hatte das Gespräch mit angehört, und plötzlich meinte sie lächelnd:

«Ihr scheint euch offensichtlich nur an die leiblichen Genüsse zu erinnern!»

Im gleichen Augenblick griff sie zu einem Stück Papier und schrieb:

«*Denn sie waren benommen*
von des Farnkrauts erfrischendem Duft.»

Dann verlangte sie von mir, die Oberzeile hinzuzufügen und dem Ganzen die richtige Form zu verleihen. So schrieb ich:

«*Wie schön der Kuckuck ruft,*
das vergaßen sie.
Sie waren benommen
von des Farnkrauts erfrischendem Duft.»

«Nun, das ist wenigstens ehrlich», erklärte die Kaiserin befriedigt. «Wenn ihr nur ebenso schnell an eure Gedichte zu Ehren des Kuckucks gedacht hättet!»

Ich war etwas verwirrt und gab schließlich zur Antwort:

«Ich habe den Eindruck, daß ich mich nicht mehr dazu aufschwingen kann, Gedichte zu schreiben, und ich muß ehrlich gestehen, daß ich mich immer, wenn dieses Thema zur Sprache kommt, unbehaglich fühle. Wenn ich auf Befehl dichten soll und mich, ob ich will oder nicht, ans Werk machen muß. Doch abgesehen davon, halte ich mich keinesfalls für dichterisch auch nur etwas begabt. Natürlich weiß ich etwa, aus wieviel Silben ein Gedicht bestehen soll oder daß man im Winter keine Sommergedichte und im Frühling keine Herbstgedichte schreiben darf. Aber diejenigen, deren Vorfahren sich als Dichter bereits einen Namen gemacht haben[19], haben es schwer; denn ihre Gedichte erregen die besondere Aufmerksamkeit der Leute. Ich könnte stolz sein, wenn man mir sagt: ‚Ihr

Gedicht ist doch das beste. Daran erkennt man die dichterische Ader.‘ Wenn ich aber kein besonderes Talent besitze und dennoch Gedichte schreibe, so ist das ein Zeichen mangelnder Ehrerbietigkeit einem großen Ahnen gegenüber.»

Die Kaiserin schmunzelte und meinte:

«Also gut, du machst es in Zukunft so, wie du es für richtig hältst. Ich werde nie mehr auf einem Gedicht bestehen.»

Kaum hatte sie das gesagt, wurde mir ganz leicht ums Herz. Ich war ihr zutiefst dankbar.

Eines Tages waren Verwandte und Angehörige der Kaiserin um die hohe Herrin versammelt. Ich saß im Vorzimmer und plauderte mit Kolleginnen, mich an einen Pfeiler lehnend. Da warf die Kaiserin etwas nach mir. Ich öffnete es und fand darin: «Willst du, daß ich dich gern habe? Und wenn ich dich nicht am allerliebsten von allen habe, bist du trotzdem damit einverstanden?»

Ich hatte einmal zur Kaiserin und zu den Kolleginnen gesagt: «Wenn ich von jemand geliebt werde, so will ich in seinem Herzen an erster Stelle stehen. Sonst würde ich lieber gehaßt werden. Unbedingt will ich seine Allerliebste sein.» Alle lachten und meinten, daß ich auf dem buddhistischen «Immer-der-Erste-sein»-Prinzip beharre.

Daran erinnerte sich wohl die Kaiserin. So schrieb ich als Antwort: «Wenn ich das Glück habe, auf die Lotosblume Buddhas zu kommen, so werde ich auch glücklich sein, selbst auf einem der untersten Blumenblätter ein Plätzchen zu finden.» — «Wie bescheiden du aber geworden bist!» sagte die Kaiserin, «hast du einmal deine Meinung geäußert, solltest du auch darauf bestehen.» — «Wenn es sich um die Gunst Eurer Majestät handelt, ist es natürlich etwas anderes», sagte ich. «Das geht nicht», erwiderte sie, «nach deinem Grundsatz mußt du die Allerliebste der allerhöchsten Person werden. Denk daran!»

Eine sehr schöne Antwort der Kaiserin.

Fürst Takaie sprach von einem Fächer, den er der Kaiserin schenken wollte. «Seine Gräten sind von seltenem Wert», sagte er zur Herrin, «darum denke ich, daß ein besonders kostbares Papier daraufgeklebt werden muß. Ich bin schon lange auf der Suche nach solch einem passenden Papier und habe es immer noch nicht gefunden.»

«Was für Gräten sind es denn?» fragte die Kaiserin.

«Sie sind ja so wunderbar, daß die Leute sagen, es seien Fächergräten, die noch niemand gesehen habe. Jawohl, sie sind es auch.»

Ich wollte mich über diese Wichtigtuerei ein wenig lustig machen und sagte: «Gräten, die noch niemand gesehen hat? Das müßten ja die Gräten einer Qualle sein.»

Auf einen solch albernen Witz will ich freilich nicht stolz sein; doch schreibe ich ihn auf, da man mir sagte, ich dürfe meinem «Kopfkissenbuch» nichts entgehen lassen.

WAS MITGEFÜHL ERREGT

Eine jammernde Stimme, die eine traurige Geschichte erzählt, indem sich die Person fortwährend die Nase putzt.

Das Gesicht einer Frau, die sich die Augenbrauen auszupft.[20]

WAS ANDERS TÖNT ALS GEWÖHNLICH

Das Wagengeräusch und das Singen der Vögel am Neujahrstag.

Das Räuspern eines Menschen beim Morgengrauen.

Der Klang der Instrumente ist beim Morgengrauen am schönsten.

WAS VERLIERT, WENN MAN ES MALT

Nelken.
Kirschbaumblüten.
Goldnesselblüten.
Die Gesichter von Männern und Frauen,
deren Schönheit man in Romanen rühmt.

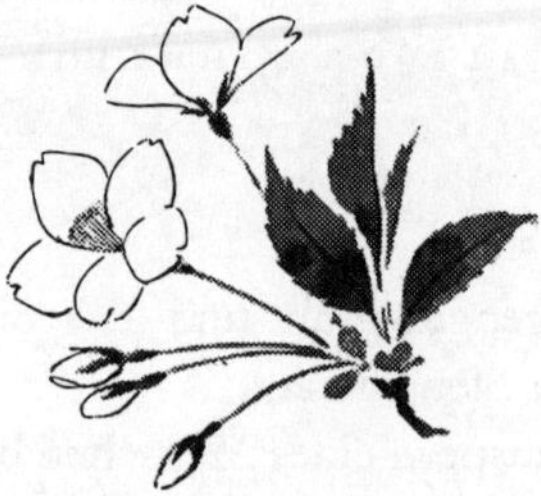

WAS GEWINNT, WENN MAN ES MALT

Eine Kiefer.
Die Heide im Herbst.
Ein Gebirgsdorf.
Ein schmaler Pfad in den Bergen.
Der Kranich.
Der Hirsch.
Eine Winterlandschaft, wenn es besonders kalt ist.
Eine Sommerlandschaft in größter Hitze.

Kinder, die den Eltern gegenüber von wirklicher Ehrfurcht erfüllt sind.

Das Röhren der Hirsche.

Ein junger Mann aus gutem Hause entschließt sich zum Abtötungsaufenthalt im berühmten Tempel auf dem Berg Mitake. Schon einige Tage vor seiner Abreise lebt er von den Seinigen getrennt, führt alle frommen Übungen vorschriftsmäßig aus, und schon beim Morgengrauen beginnt er den Tag mit einer ehrfurchtsvollen Verneigung bis zum Boden. Es rührt mich herzlich, wenn ich bloß daran denke, mit welchem Mitleid seine Frau oder Geliebte, wenn sie auch so früh erwacht, seiner Gebetstimme zuhören muß.

Nach seinem Aufbruch zur Pilgerfahrt lebt sie ganz zurückgezogen, als würde sie all seine Strapazen miterleben. Wie groß ist daher die Freude, wenn ihr Geliebter heil und unversehrt zurückkehrt! Nur seine

Lackmütze scheint etwas die Form verloren zu haben und das äußere Bild zu stören. Doch habe ich mir sagen lassen, daß selbst höchste Würdenträger ärmliche Kleidung anziehen, wenn sie sich auf eine Pilgerfahrt begeben. Der Flügelkommandant der Palastwache zur Rechten erklärte jedoch eines Tages: «Das ist alles belanglos! Warum sollte es anstößig sein, in korrekter Kleidung eine Wallfahrt zum Tempel zu unternehmen? Hat der Gott des Mitake jemals geäußert, daß man in ärmlicher Kleidung vor ihm erscheinen müsse?» Dieser Herr machte tatsächlich die Pilgerfahrt in einem prunkvollen und farbenfreudigen Kostüm, so daß er all die frommen Männer und Frauen mit Entsetzen erfüllte. Damals betete er in Mitake um ein rasches Vorwärtskommen in seiner Karriere. Kaum waren zwei Monate vergangen, wurde er zum Gouverneur der Provinz Chikuzen ernannt. Seine Behauptung war also wahrscheinlich richtig. Dies gehört natürlich nicht zum Rührenden. Ich schreibe es hier nur, weil gerade von der Mitake-Pilgerfahrt die Rede war.

Das Zirpen der Grillen gegen Ende September und Anfang Oktober, das so schwach an unser Ohr dringt, daß man nicht sicher ist, ob man es gehört hat oder nicht.

Eine Henne, die ihre Kücklein unter ihre Fittiche nimmt.

Die Tautropfen, die im Spätherbst wie glänzende Perlen am Schilf im Garten hängen und weithin sichtbar in der Sonne glitzern.

Der Wind, der am Abend durch die Bambuswäldchen am Flußufer raschelt.

Das Erwachen beim Morgengrauen oder auch das Erwachen mitten in der Nacht.

Der Anblick eines jungen Liebespaares, das sich durch die Anwesenheit anderer gestört sieht und sich nicht so verhalten kann, wie es gern möchte.

Ein Gebirgsdorf im Schnee.

Schöne Frauen und Männer, die schwarze Trauerkleidung tragen.

Wenn man am sechsundzwanzigsten und siebenundzwanzigsten des Monats, nachdem man die Nacht plaudernd verbracht hat, beim Morgengrauen gen Himmel blickt und den fahlen Mond dicht über dem Gebirgskamm sieht, fühlt man sich von einer merkwürdig schönen Traurigkeit ergriffen, die man nicht vergessen kann.

IN EINEM BUDDHISTISCHEN TEMPEL

Wenn ich mich im Januar für mehrere Tage in einen Tempel zurückziehe[21], muß große Kälte herrschen, viel Schnee gefallen und alles gefroren sein; denn wenn es regnet, ist es schrecklich.

Eines Tages unternahmen wir eine Pilgerfahrt zu dem berühmten Tempel Hasé in der Yamato-Provinz. Während man unsere Unterkunft vorbereitete, fuhr unser Wagen dicht bis zur großen Haupttreppe, die aus Bambusstämmen zurechtgezimmert worden war und die steil zum Tempel hinaufführte.

Einige junge Priester, die keine Mönchskutte trugen und nur an der besonderen Schärpe ihres Kimonos erkenntlich waren, kletterten mit ihren hohen Holzschuhen sorglos die steile Treppe hinauf und hinunter, während sie einige Stellen aus den Heiligen Sutren vor sich hinmurmelten, die ihnen gerade in den Sinn kamen. Das schien zu einem solchen Ort zu passen, und ich fand es sehr reizvoll.

Auf der steilen Treppe, die wir ängstlich hinaufkletterten, indem wir uns seitlich an das Geländer klammerten, bewegten sich die jungen Priester mit einer Selbstverständlichkeit, die mir Eindruck machte. Vorher war uns mitgeteilt worden, daß unsere Räume inzwischen hergerichtet seien, und sofort hatte man uns hilfreich aus dem Wagen geholfen.

Von den Damen, die mich begleiteten, hatten sich einige damit begnügt, ihre gewöhnlichen Gewänder anzulegen, andere jedoch trugen ihre offizielle Hoftracht mit dem farbenprächtigen chinesischen Überwurf. Sie zogen alle entweder hohe Lederschuhe oder lackierte Halbschuhe an und bewegten sich in den Gängen mit zeremoniell schleifenden Schritten. Dies alles erinnerte mich etwas an das Leben im Palast.

Junge Männer, die überall im Tempel Zutritt hatten, begleiteten uns und erleichterten uns den Weg, indem sie je nachdem erklärten: «Hier herauf» oder «Hier hinunter». Andere wiederum folgten uns, und einige unter diesen wollten uns zur Seite drängen, um bei uns vorbeizukommen. Doch unsere Führer griffen sofort ein: «Einen Augenblick! Das ist eine gesonderte Gesellschaft, der ihr euch nicht anschließen dürft!» Manche dieser Störenfriede sahen das ein und ließen uns in Ruhe; aber es gab auch andere, die dem, was man ihnen sagte, keine Beachtung schenkten und sich in einer Weise vordrängten, als ob sie als erste vor dem Antlitz Buddhas erscheinen müßten. Endlich erreichten wir die Barriere vor dem Altar, und ich wurde von Ehrfurcht ergriffen. Ich fragte mich in meinem Inneren, warum ich Monate hatte vergehen lassen, ohne zum Tempel zu gehen, und mit einemmal erwachte in mir wieder meine ursprüngliche Frömmigkeit.

Im Heiligtum sah man nicht die Lampen, die sich gewöhnlich dort befinden. Sie waren durch andere ersetzt, die von Gläubigen als Opfergaben mitgebracht worden waren. Sie brannten mit solcher Helligkeit, daß man leicht in Schrecken versetzt wurde, und inmitten des Heiligtums leuchtete das Antlitz Buddhas.

Ein hoher Priester nach dem anderen erschien mit ehrfürchtiger Miene, und jeder sagte mit laut vernehmlicher Stimme ein Stoßgebet vor sich hin. Es herrschte daher ein solches Gemurmel in der Halle, daß es einem weder möglich war, zu verstehen, was sie erklärten, noch was sie versprachen und in Aussicht stellten. Alles, was ich hörte, war die Stimme eines Bonzen: «Tausend Lichter werden dargebracht, in der Absicht...»; doch das, was folgte, entging mir leider.

Ich hatte mein Gewand etwas zusammengerafft und kniete nieder, um Buddha anzubeten, als ein Priester, der einen Aniszweig in der Hand hielt, auf mich zukam und mit

feierlicher Miene erklärte: «Ich bin gekommen, um Euch diesen Zweig zu überreichen.» Ich war davon entzückt. Ein anderer Priester, der an der Barriere stand, näherte sich mir und versicherte, daß er die Gebete, die er in unserem Auftrag sprechen sollte, ganz besonders inbrünstig vorgetragen habe; dann fragte er uns, wieviel Tage wir im Tempel verweilen würden, und teilte uns mit, daß dieser und jener gleichfalls anwesend sei, um sich zu läutern, und danach entfernte er sich wieder.

Als wir schließlich in unseren Räumen angelangt waren, brachte man uns sofort das Kohlenbecken herein, reichte uns Früchte dar und versah uns mit allem, was notwendig war. Der Priester teilte uns mit, in welchen Zellen unser Gefolge untergebracht sei, und verließ uns einen Augenblick, um dort nach dem Rechten zu schauen. Eine Glocke kündigte die Lesung der Heiligen Sutren an, und ich wußte bereits, daß diese Glocke in meinem Auftrag erklang, und so hörte ich voller Hoffnung auf ihren Ton.

Im Nebenzimmer befand sich ein Mann,

der, wie es hieß, ein hoher Würdenträger sei und der sich fortgesetzt bis zum Boden verneigte und dabei seine frommen Übungen verrichtete. Als ich auf ihn aufmerksam wurde, glaubte ich zunächst, er würde sich so benehmen, weil er wußte, daß man ihn im Nebenzimmer hören konnte. Doch bald sah ich ein, daß er tatsächlich in seine Meditationen vollkommen versunken war und, ohne auch nur einmal auszuruhen, seine Gebete fortsetzte. Dieser Mann beeindruckte mich sehr. Es dauerte nicht lange, da fing er an, mit Inbrunst und lauter Stimme in den heiligen Schriften zu lesen; doch sprach er leider nicht so laut, daß wir seine Worte auch wirklich verstehen konnten. Als wir plötzlich glaubten, er wolle etwas deutlicher sprechen, hielt er einen Augenblick inne, um sich zu schneuzen; doch tat er es so diskret und ohne das übliche Trompeten, so daß ich ganz erleichtert aufatmete. Ich fragte mich nur, was er sich wohl in seinem Inneren wünschte und was er durch sein frommes Beten herbeibeschwören wollte. Ich hätte es gern gewußt; doch hoffte ich auch so, daß seine Wünsche in Erfüllung gehen möchten.

An einem Tage ertönte die Glocke des Tempels besonders laut und vernehmlich, und aufhorchend fragten wir uns, wer wohl jetzt für sich Gebete hersagen ließ. Man teilte uns mit, daß es sich um eine vornehme Familie handle und daß man für die glückliche Niederkunft der Hausherrin bete. Ganz ungewollt wurden wir neugierig, und gar zu gern hätten wir den Namen der Betreffenden gewußt. Die Nachricht von dem bevorstehenden freudigen Ereignis in jener Familie hatte uns so tief gerührt, daß wir uns sofort im stillen den Gebeten der Priester und der anderen anschlossen.

Alles, was ich hier vom Leben im Tempel erzähle, bezieht sich nur auf die normalen Zeiten, wenn keine besonderen Feste stattfinden. Am Neujahrstag, zum Beispiel, herrscht ein ganz anderer Eindruck; denn durch das ständige Kommen und Gehen der vielen Pilger und Neugierigen ist der Tempel von Unruhe erfüllt, und dann mag es wohl vorkommen, daß man sich interessiert die Gesichter der Besucher beschaut, anstatt sich ehrfurchtsvoll nur auf das Antlitz Buddhas zu konzentrieren.

Diejenigen, die gegen Abend im Tempel ankommen, sind meistens solche Pilger, die die Absicht haben, hier mehrere Tage zu verweilen. So haben die jungen Bonzen und die Novizen des Tempels am Abend sehr viel zu tun. Ich beobachtete interessiert, wie die kleinen Meßgehilfen hohe Wandschirme herbeischleppten, die in den Gästezimmern zur Unterteilung des Raumes aufgestellt werden sollten. Diese Wandschirme erschienen jedoch so schwer, daß wir gar nicht begriffen, wie diese kleinen Bürschchen sie tragen konnten. Sie entledigten sich aber ihrer Aufgabe mit großem Geschick. Auch das Aufhängen der Bambusvorhänge auf die Barriere taten sie mit solch graziöser Miene, daß ich sie wirklich bewunderte.

Im gleichen Augenblick hörte ich das vornehme Rascheln von Seidengewändern, und eine Schar junger Damen kam eine schmale Stiege herunter. Sie wurden von einer Matrone geführt, die, stets geistesgegenwärtig, allerlei Anweisungen erteilte und Fragen stellte, wie etwa «Habt ihr das Feuer im Zimmer vollkommen gelöscht?» Sie waren offensichtlich im Begriff, den Tempel zu verlassen. Ein Knabe von sieben bis acht Jahren rief seinen Diener mit lieblicher, doch stolzer Stimme. Ein Kind von drei Jahren hustete und wurde verdrießlich, weil es nicht schlafen konnte. Dies alles fand ich interessant.

Der Kult im Tempel dauerte die ganze Nacht hindurch; wir hörten einen unbeschreiblichen Lärm und konnten kein Auge schließen. Nach der Zelebrierung der Morgenmesse war es mir endlich gelungen, ein wenig einzuschlummern; doch es dauerte nicht lange, da drang eine laute Stimme an mein Ohr. Es wurden die heiligen Texte gelesen, die der Gottheit dieses Tempels, der achtgesichtigen Kwannon, gewidmet waren. Die Priester sprachen mit rauher und harter Stimme und schienen keinen Wert darauf zu legen, durch einen wohlklingenden und bedächtigen Vortrag die feierliche

Stimmung zu erhöhen. Zweifellos hörte ich da die Stimmen einiger Wanderprediger, die das ganze Land bereisen und die natürlich nicht so geschult sind wie die eigentlichen Tempelbonzen.

Viele der jungen Leute, die aus dem einen oder anderen Grunde im Tempel anwesend sind, finden stets einen Vorwand, um sich in der Nähe der Zimmer der Damen aufzuhalten, und sie legen anscheinend keinen Wert darauf, das Antlitz Buddhas zu schauen. Sie rufen dann oft auch Priester herbei, die irgendeinen Dienst im Tempel versehen, und bei ihnen erkundigen sie sich nach dem Wohin und Woher der einzelnen Gäste. Ich fand diese jungen Leute gar nicht so unsympathisch.

Gegen Ende Februar und zu Anfang März, als die Kirschbäume in vollster Blüte standen, verbrachte ich nochmals einen angenehmen Aufenthalt im Tempel. Drei Würdenträger trafen ein, die unauffällig, doch geschmackvoll gekleidet waren und die anscheinend inkognito eine Wallfahrt unternahmen. Einer ihrer Diener trug einen schweren Proviantsack, der bunt geschmückt war, hinter ihnen her. Man hatte die Diener blühende Kirschbaumzweige abpflücken lassen, die sie jetzt behutsam in der Hand trugen. Welch bezaubernder Anblick, und wie entzückend war es, zu beobachten, wie sie die Glocke am Eingangstor des Tempels anschlugen und um Eintritt baten!

Von diesen Würdenträgern glaubte ich, einen schon früher gesehen zu haben; wie sollte er aber wissen, daß ich hier in der Nähe weilte? Ich wollte ihm nicht begegnen, und dennoch, als er an mir vorbeigegangen war, war ich enttäuscht. Ich sagte mir, daß es doch besser gewesen wäre, wenn ich ihn von meiner Anwesenheit in Kenntnis gesetzt hätte.

Wenn man auf diese Weise einen Aufenthalt im Tempel verbringt und eine Zeitlang dort bleibt, wo man gewöhnlich nicht zu leben pflegt, so ist es nicht sehr interessant, wenn man nur Diener und Gefolge um sich herum weiß. Eine Frau sollte, ehe sie die Hauptstadt verläßt und sich auf eine Wallfahrt zum Tempel begibt, nicht versäumen, eine oder zwei oder sogar mehrere Damen des gleichen Ranges dazu einzuladen, die sie auf ihrer Reise begleiten sollen. Mit Menschen ihres Ranges, die die gleichen Ideen haben wie sie, könnte sie allerhand interessante Gespräche führen über Dinge, die ihr wirklich am Herzen liegen. Unter der Dienerschaft mag es ja auch Leute geben, die keine unerfreulichen Typen sind. Aber wohl oder übel kennt man sie ja schon mehr als genug. Die Männer scheinen in diesem Punkt übrigens der gleichen Ansicht zu sein; denn auch sie pflegen stets vor einer Wallfahrt zum Tempel ihre Freunde aufzusuchen und sie zum Mitkommen zu veranlassen. Das ist eine sehr schöne Sitte.

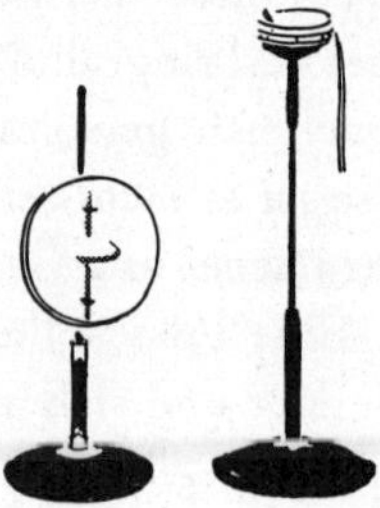

WAS EINEN UNERQUICKLICHEN EINDRUCK MACHT

Ein armseliger Wagen, von einem häßlichen Ochsen gezogen, der in der Zeit zwischen Mittag und zwei Uhr nachmittags im Hochsommer auf der Straße polternd daherfährt.

Ein mit allen Schutzvorrichtungen versehener Wagen an einem schönen Tag.

Ein Wagen ohne diese Schutzvorrichtungen im strömenden Regen.

Eine häßliche, gemeine Frau, die ein Kind auf dem Rücken trägt.

Ein Reiter auf einem kleinen Pferd, der an einem regnerischen Tag an der Spitze eines Hofzuges reitet. Sein Hut ist völlig platt geworden, seine oberen und unteren Gewänder, miteinander verklebt, bilden nur eine einzige feuchte Masse. Was für ein bedauernswerter Anblick!

Das Innere des Herzens eines Mannes zu durchblicken. Ich als Frau schäme mich oft, wenn ich dabei bin, wenn ein Mann einer Dame Komplimente sagt, und sie glaubt daran, obwohl er im Inneren seines Herzens diese Frau langweilig findet und verachtet.

Besonders solche Männer, an denen die Frauen Gefallen finden, zeigen der Frau nicht, daß sie ihnen gleichgültig ist. Solche Männer erzählen einer Frau die Fehler einer anderen Frau, der sie wiederum die Fehler der ersten Frau erzählen. Dabei glauben die Frauen alles, was die Männer sagen, und bilden sich ein, die Bevorzugte zu sein. Das ist für mich als Frau sehr beschämend.

Eine Frau sollte sich gar nicht schämen, wenn sie einen Mann, den sie nie mehr wiedersehen wollte, trifft und ihn völlig gleichgültig behandeln will. Was haben die Männer für ein Herz, daß sie alles leicht vergessen können, was uns Frauen zu Herzen gegangen ist? Sie klügeln und kritisieren gern über uns Frauen. Was für eine Tat aber ist es, mit einer hilflosen Hofdienerin Beziehungen zu halten und sie einfach im Stich zu lassen, wenn sie in andere Umstände kommt?

WAS DEN EINDRUCK VON HITZE VERMITTELT

Eine sehr dicke Person mit vielen Haaren.

Die großen Säcke, in die man die Harfen steckt.

Ein Priester, der sich am hellichten Tag bemüht, Geister zu beschwören.

Ein Schmied, der auch am Tag auf den Amboß schlägt.

WAS UNTER SEINER WÜRDE AUSSIEHT

Ein großes Boot, das bei Ebbe in einer Bucht auf dem Trockenen liegt.

Die Zeit, die eine Frau zum Kämmen ihrer kurzen Haare verwendet, nachdem sie ihre falschen Haare abgenommen hat.

Ein großer Baum, den der Wind umgeworfen hat und der jetzt, mit den Wurzeln nach oben, der Länge nach auf dem Waldboden liegt.

Der Rücken eines Ringkämpfers, der im Kampf verliert und sich zurückzieht.

Eine Mann ohne große Autorität, der einen Diener zur Rechenschaft zieht.

Eine Frau hat sich wegen einer Kleinigkeit aufgeregt und hält sich irgendwo versteckt. Sie war der Meinung, ihr Ehemann würde nicht versäumen, sich nach ihr auf die Suche zu machen; aber er sorgt sich nicht so sehr um sie, wie sie gehofft hatte.

Da sie sich jedoch nicht immer in ihrem Versteck aufhalten kann, taucht sie von selbst wieder auf und kehrt nach Hause zurück.

Das Geräusch, das die Tänzer bei den Tempeltänzen mit ihren Füßen verursachen, wenn sie in Ekstase geraten und gewagte Luftsprünge nach dem Rhythmus der Flöten und anderer Musikinstrumente ausführen.

WAS VERWIRRT

Man ruft eine Person, und es erscheint jemand anderer, der der Meinung war, man hätte nach ihm verlangt. Die Sache wird noch peinlicher, wenn man dem Betreffenden versehentlich ein Geschenk gemacht hat.

Man hat sich länger als üblich über jemanden unterhalten, man hat Kritik geübt, und ein Kind, das zugehört und in Erinnerung behalten hat, was man sagte, wiederholt es in Gegenwart des Betreffenden.

Jemand erzählt schluchzend eine traurige Geschichte, und man hört mit aufrichtiger Anteilnahme zu. Es gelingt einem jedoch nicht, auch nur eine Träne zu vergießen. Man macht zwar ein weinerliches Gesicht, man versucht, sich ganz in die Lage des anderen hineinzuversetzen — doch es hilft alles nichts.

Bei anderer Gelegenheit, wie man von einer freudigen Nachricht hört, kullern und kullern einem die Tränen, ohne daß man es will und ohne daß man dagegen etwas tun kann.

SCHLECHTE DICHTERIN, GUTER ERFOLG

Ein Diener des Palastverwaltungsamtes brachte mir ein Paket, an das ein vollerblühter Pflaumenzweig gebunden war, und sagte, es sei von Kanzler Yukinari. Ich vermutete ein Gemälde darin, nach der Form des großen, flachen Paketes zu schließen. Zu meiner Überraschung fand ich zwei große Reiskuchen und dazu ein Briefchen, das lauter lustige Worte enthielt. Am Schluß des Briefchens war folgendes zu lesen: «Dieser gemeine Kerl, der den innigsten Wunsch hat, Euch zu sehen, wagt doch nicht zu kommen; denn er schämt sich, daß er am Tag häßlich sein könnte.» An eine alte Sage des häßlichen Gottes Katsuragi anknüpfend, schrieb er dies köstliche Briefchen mit einer unvergleichlich schönen Handschrift.

Ich ging zur Kaiserin und zeigte es ihr. Ihre Bewunderung über das Briefchen war nicht kleiner als meine, und sie versteckte es und wollte es mir nicht zurückgeben.

«Wie soll ich aber antworten?» fragte ich mich. «Soll ich dem Diener, der das Paket gebracht hat, etwas schenken? Ist hier keiner, der Bescheid weiß, was man in einem solchen Falle tun sollte?»

Die Kaiserin hörte mich und sagte: «Ich hörte eben Korenakas Stimme. Man soll ihn herbeirufen.» In feierlicher Haltung erschien der Gerufene. «Es handelt sich nur um meine private Angelegenheit», sagte ich ihm, mich entschuldigend, und erzählte ihm vom Pakete. Herr Korenaka meinte darauf: «Ich weiß keine Beispiele, daß man in solchem Falle dem Diener ein Geschenk gemacht hätte. Man ißt die Kuchen, und weiter nichts. Aber warum fragt Ihr mich so etwas? Ist der Geber vielleicht ein hoher Würdenträger, vor dem man jede Miene nach höfischem Gebrauch verziehen muß?» fragte er. «Ach, nein», antwortete ich, «ein gemeiner Kerl hat es mir gegeben.»

Nun schrieb ich auf ein dünnes rosafarbiges Papier nur: «Schickt ein gemeiner

Kerl den Brief durch seinen Diener? Wer so etwas tut, ist nur ein kaltherziger Mann», und sandte es, diesmal mit einem hochroten Pflaumenblütenzweig, an den Kanzler.

In kürzester Zeit kam der Kanzler mit dem Ruf: «Der gemeine Kerl ist da!» Ich kam heraus, um ihn zu sehen, und er sagte mir: «Ich war fest davon überzeugt, daß Ihr mir als Antwort ein Gedicht schicken würdet. Wie herrlich, daß Ihr das nicht getan habt! Frauen, die sich mit Dichterei die Nasen aufblasen, benutzen jede Gelegenheit, um Gedichte zu verfassen, als wären sie Berufsdichter. Ich mag solche Frauen nicht; denn sie sind schwer zu behandeln und haben ein kaltes Herz.»

Später erzählte mir jemand folgendes: Narimasa, Norimitsu und einige andere Herren sollen über mich gelacht haben, weil ich kein Gedicht verfaßte. Der Ministerpräsident Michitaka aber äußerte vor zahlreichen Hofleuten seine Meinung, daß ich doch ausgezeichnet gut tat. – Gehöre ich vielleicht auch zu den Frauen, die die Nase aufblasen, wenn ich so etwas mit Stolz schreibe?

GARTEN AN EINEM HERBSTMORGEN

Der Regen, der eine ganze Septembernacht hindurch goß, hat aufgehört, und strahlende Sonne glitzert im Garten. Über die Chrysanthemenblätter sind unzählige Tautropfen gestreut. An den Hecken und Gartentörchen hängen noch zerrissene Spinngewebe, und an ihren Fäden sind silberne Perlen aufgereiht.

Es wird Tag, und die sich verbeugenden Süßkleezweige heben ihre Köpfe einer nach dem anderen erleichtert auf, weil der Tau auf den Blättern schon getrocknet oder gefallen ist.

Es ist für mich interessant, zu denken, daß solche für mich interessante Beobachtungen für andere nicht interessant sein könnten.

FREUNDSCHAFT UND PROTEKTION

Der oberste Kammerherr hatte vergeblich nach mir geschickt und mich zu sich bitten lassen. Eines Tages traf ich ihn jedoch durch Zufall, und er sprach zu mir: «Warum willst du denn nicht, daß wir wieder zu unserer früheren Freundschaft zurückkehren? Dein Verhalten überrascht mich; denn ich glaube doch, zu wissen, daß du mich nicht haßt. Es darf doch nicht geschehen, daß eine langjährige Freundschaft auf diese Weise ende und daß wir uns wie zwei Fremde gegenseitig aus dem Wege gehen! Wenn ich einmal nicht mehr, wie jetzt jeden Tag und jede Nacht, in den Kaiserlichen Palast kommen sollte und dich nicht mehr wiedersehen könnte, was würde ich wohl von dir für eine Erinnerung zurückbehalten?»

«Natürlich könnten wir ohne Schwierigkeiten unsere Freundschaft erneuern», erwiderte ich ihm, «doch wenn wir unsere früheren Beziehungen wieder aufleben lassen, könnte ich Ihren Majestäten gegenüber nichts Gutes mehr über Euch sagen, und das wäre schade. Wenn die Hofdamen vor dem Kaiser versammelt sind, spreche ich mich in Gegenwart aller so lobend über Euch aus, als ob ich nur diese Aufgabe hätte. Wie sollte ich das auch weiterhin tun können, wenn unsere Liebe wieder aufgewärmt wird? Denkt nur einmal an diese Folgen! Ich würde in meinem Herzen einen Dämon spüren, der mich am Sprechen hindert.»

Der oberste Kammerherr fing an zu lachen und fuhr fort: «Wie kommst du nur auf solche Gedanken? Es gibt genügend Freunde, von denen der eine den anderen in Gegenwart Dritter lobt.»

«Das mag alles sein und muß diesen Leuten überlassen bleiben», gab ich zur Antwort, «wenn sie nicht selbst das Gefühl haben, wie verabscheuungswürdig das ist. Ich halte wenig von jenen Menschen, ganz gleich, ob Mann oder Frau, die bestrebt sind, ungerechtfertigterweise ihre Freunde zu begünstigen, oder die sich aufregen, wenn man auch nur im geringsten Kritik an ihren Lieblingen übt.»

Mir klingen noch mit einem gewissen Vergnügen die letzten Worte des obersten Kammerherrn im Ohr: «Nun, dann darf ich mir wohl bei dir keine Hoffnung mehr machen.»

WOBEI MAN SICH LANGWEILT

Im Hause eines Mannes, der bei der Ernennung der Präfekten kein Amt erhalten hat.

Wenn es in Strömen gießt; denn dann langweilt man sich am meisten.

WAS ZERSTREUT, WENN MAN LANGEWEILE HAT

Romane.

Das Go-Spiel.

Das Würfelspiel.

Ein Kind von drei oder vier Jahren, das schon so gut sprechen kann, daß man ihm interessiert zuhören muß. Auch ein Kleinkind, das lallt und lächelt. Früchte.

Ein amüsanter und schwatzhafter Mann stattet mir einen Besuch ab, und obwohl ich meinen Fastentag habe, lasse ich ihn herein.

UNSAUBERKEITEN

Ein Rattennest.

Ein Mensch, der sich erst spät am Morgen die Hände wäscht.

Ein Kind, das, den Rotz fortwährend hochziehend, herumläuft.

Schalen und Krüge, in die man das Öl füllt.

Die Jungen der Sperlinge, wenn sie noch keine Federn haben.

Ein Mensch, der in der heißen Jahreszeit lange Zeit kein Bad nimmt.

Alle verblichenen Kleidungsstücke erwekken den Eindruck der Unsauberkeit; doch besonders die gelb glänzenden Gewänder sehen in solchen Fällen abscheulich aus.

WAS ZU NICHTS ZU GEBRAUCHEN IST

Ein häßlicher Mensch, der ein schlechtes Herz hat.

SELBSTGESPRÄCH

Wenn ich fast täglich meine Gedanken zu Papier bringe, denke ich oft, es wäre besser, nichts aufzuzeichnen, und auf keinen Fall sollten Fremde mein Skizzenbuch zu Gesicht bekommen; denn ich schreibe alles nieder, was mir in den Sinn kommt, auch merkwürdige und unerfreuliche Dinge.

WAS EINEM SCHRECKEN EINFLÖSST

Der Hut einer Eichel.

Eine Brandstätte.

Eine stachelige Wasserlilie.

Der Anblick eines haarigen Mannes, der nach dem Kopfwaschen seine Haare trocknen läßt.

Der Igel der Kastanie.

Wenn der eigene Vater oder die Mutter sich schlecht fühlt und anders aussieht als sonst, besonders während einer Epidemie.

Wenn ein Kleinkind, das noch nicht sprechen kann, zu weinen anfängt, seine Milch nicht mehr trinkt und lange Zeit hindurch Schreie ausstößt, selbst nachdem es die Amme wieder in den Arm genommen hat.

Wenn jemand, den man verabscheut, sich einem nähert, spürt man in seinem Inneren ein merkwürdiges Unbehagen, und man wünschte, woanders zu sein.

Wenn ein Mann, der in der vergangenen Nacht eine Dame aufgesucht hat, versäumt, ihr am nächsten Morgen zu schreiben. Selbst jene, die nicht direkt daran interessiert sind, fühlen in einem solchen Fall ihr Herz schneller schlagen. – Noch beängstigender ist es, wenn eine Frau einen Brief vorzeigt von einem Mann, in den man selbst verliebt ist.

Ein auf eine Melone gemaltes Säuglingsgesicht.

Ein Spatzenkind, das einem entgegenhüpft, wenn man es nachahmt und «Pieppieps» ruft.

Ein Säugling, der eifrig herankriecht, auf dem Boden etwas findet, es mit seinen kleinen Fingern aufnimmt und es den Erwachsenen zeigt.

Ein kleines Mädchen mit Pagenfrisur, das, gebückt, eifrig auf etwas lugt, so daß die Haare ihm ins Gesicht hängen. Es streicht sich die Haare nicht zurück. Es legt den Kopf nur etwas zur Seite.

Ein halbwüchsiger Hofpage im Galakleid.

Wenn man einen hübschen Säugling auf den Arm nimmt und liebkost und der Kleine, sich ruhig anschmiegend, einschläft.

Puppenmöbel für das Puppenfest.

Ein kleines Lotosblatt ist sehr herzig, wenn man es aus dem Wasser herausnimmt und genau besieht.

Ein kleines Malvenblatt. Alles, was klein ist, ist lieblich.

Ein dicker Säugling mit schöner weißer Haut, der im weiten Gewand, die weiten Ärmel mit einem Band aufgebunden, herumkriecht.

Ein Knabe von acht bis zehn Jahren, der laut und sehr gut etwas vorliest.

Kücken, die mit hohen Beinen und kurzen Federn den Menschen oder ihrer Mutter nachlaufen und lärmend piepsen.

Ein kleines Wildgänschen.

Ein Entenei.

Eine kleine Urne.

Eine Nelke.[22]

EIN UNGEZOGENES KIND

Ich kenne ein Kind von vier bis fünf Jahren, das oft zu mir kommt, alle Dinge umherwirft und sie zerbricht. Wenn es allein kommt, ist es nicht so schlimm, da wir es ohne weiteres schelten können. Wenn es aber mit seiner Mutter kommt, fühlt es, daß es nichts zu fürchten habe, und macht sich vollständig geltend. Es will etwas haben, das ich ihm verboten habe, und bittet seine Mutter hartnäckig darum. Sie ist aber so eifrig ins Gespräch vertieft, daß sie sich nicht darum kümmert. Das Kind geht daher allein auf die Suche, findet es und nimmt es triumphierend heraus. Ich platze vor Ärger; aber die Mutter sagt dem Kinde nur: «Nein, laß das sein!» und nimmt dem Kind das Ding nicht weg. Das Kind will der Mutter freilich nicht folgen, und sie lächelt nur dazu. Wie ärgerlich ist es doch, daß ich nichts dagegen tun kann!

WAS VERWIRREND UND BEFREMDEND WIRKT

Die Innenseite einer Stickerei.

Katzenohren von innen.

Wenn junge Rättchen, denen noch keine Haare gewachsen sind, in hellen Scharen aus dem Nest purzeln.

Die Naht eines ungefütterten Pelzwerkes.

Inmitten einer Unordnung, wenn es stockfinster ist.

Die Geschäftigkeit einer unfeinen Frau, die einen Haufen Kinder hat.

Auch wenn eine Frau, die weder viel Herz noch Gemüt hat, kränkelt und lange Zeit dahinsiecht; dann wird der Mann in seiner Liebe zu ihr verwirrt.

WAS ALLES ANDERE ALS BENEIDENSWERT IST

Die Pflegerin eines Säuglings, der die ganze Nacht hindurch weint.

Ein Mann, der zwei Mätressen hat, die gegenseitig aufeinander eifersüchtig sind, und der von beiden verschmäht wird.

Ein Geisterbeschwörer hat es mit einem hartnäckigen Dämon zu tun. Alles wäre in bester Ordnung, wenn sich nur die gute Wirkung seiner Beschwörungen zeigen würde. Doch wenn es nun einmal nicht dazukommt, setzt er trotzdem unentwegt das Beten fort, nur um den Anwesenden nicht zum Spott zu dienen.

Eine Frau, die von einem argwöhnischen Mann stark geliebt wird.

Leute, die leicht gereizt sind.

Nicht zu sprechen von Priestern, aber auch Männern und Frauen, die die Sutras fließend auswendig hersagen können; denn ich vergesse sie immer und bleibe stecken.

Im Krankenbett liegend, das Lachen und Plaudern der gesunden Menschen zu hören und sie arbeiten und herumhantieren zu sehen.

Leute, die den langen Pilgerweg zum Tempel Inari plaudernd und lachend zurücklegen, als wäre er für sie nichts. Während wir erschöpft und schwer atmend den halben Weg erreicht haben, überholen uns die anderen, die viel später aufbrachen.

Eltern, die hübsche Kinder haben.

Frauen, die prächtige lange Haare haben.

Edle Leute, die von ihren Dienstboten wirklich verehrt werden.

Leute, die eine gute Handschrift haben und leicht schöne Gedichte verfassen. Sie werden bei jeder Gelegenheit bevorzugt und erwerben sich Ehre.

Für Musikanfänger sind diejenigen beneidenswert, die schon gewandt auf dem Instrumente spielen können.

Leute, denen beim Würfelspiel immer die gewünschte Zahl erscheint.

Hohe Priester, die sich über allen Erdenkummer erheben.

WAS MAN GERN SO SCHNELL WIE MÖGLICH HÖREN ODER SEHEN MÖCHTE

Wenn ich erfahre, jemand hätte Shibori-Färben[23] versucht, so bin ich sehr darauf gespannt, zu wissen, ob es gelungen ist.

Bekommt man die Nachricht von einer Geburt, so will man schnell erfahren, ob es ein Mädchen oder ein Junge ist. Diese Frage bewegt einen, besonders wenn es sich bei der Mutter um eine Dame aus den besseren Kreisen handelt.

Am Tage der Oberbeamtenernennung bin ich überaus neugierig, zu wissen, ob meine Bekannten die gewünschten Stellungen erhalten haben.

Die Briefe des Geliebten.

WAS NUR AN DIE SCHÖNE VERGANGENHEIT ERINNERT

Eine alte Strohmatte, deren besonders schöne, farbig gewobene Umrandung fadenscheinig geworden ist.

Ein Wandschirm, dessen chinesisch bemalte Oberfläche zerrissen ist.

Ein verdorrter Kieferbaum, dessen Zweige von Glyzinien umklammert sind.

Ein erblindeter Maler.

Ein alter Mann, der in seiner Jugendzeit als Frauenjäger bekannt war.

Ein geschmackvoll gebautes Haus, das einst von interessanten Bäumen umgeben war, aber jetzt allein steht, nachdem die Bäume durch Feuer zerstört worden sind. Der Teich im Garten ist noch da, verlassen und nur von Wasserpflanzen bedeckt.

WAS FERN, DOCH NAH IST

Das Paradies.[24]

Der Abstand zwischen Mann und Frau.

WAS NAHE, DOCH FERN IST

Kaltherzige Geschwister.

Verwandte.

Der Zickzackweg auf den Berg Kurama.

Die Zeit zwischen dem 31. Dezember und dem 1. Januar.

WAS GUT IST, WENN ES KURZ IST

Der Faden, wenn man etwas schnell nähen muß.

Das Haar der niedrigen Frau.

Das Plaudern junger Mädchen.

WAS GUT IST, WENN ES GROSS IST

Buddhapriester; denn ein kleiner Kerl sieht im Ornat nach nichts aus.

Früchte. Häuser. Proviantbeutel.

Männeraugen, kleine sehen aus wie Frauenaugen; aber wenn sie so groß sind wie metallene Schalen, sind sie schrecklich.

Kohlenbecken. Kiefernbäume.

Pferde und Kühe.

DAS NUR VON EINER FRAU BEWOHNTE HAUS

Ein nur von einer Frau bewohntes Haus soll nicht auffallend sein. Die Gartenmauer um das Haus kann abgebröckelt sein. Um den Teich herum sollen auch Wasserpflanzen wachsen. Auch im Garten sollte einiges Unkraut, das nicht gerade sehr häßlich ist, bleiben. Es schickt sich für die Hausherrin, daß man von ihrem Haus einen einsamen Eindruck bekommt.

AM ANFANG MEINES DIENSTES BEI HOFE

Am Anfang meines Dienstes bei Hofe hatte ich solche Scheu vor der Gegenwart der Kaiserin und anderen Vornehmen, daß ich oft Tränen vergoß. Ich zog daher den Nachtdienst vor, wo alle Räume dunkler sind, und versteckte mich gern hinter den Vorhängen. Die Kaiserin hatte Freude an schönen Bildern, die sie mir oft reichte, wobei sie geruhte, mir dieselben persönlich zu erklären. Ich aber konnte die Bilder, vor Scham vergehend, kaum in Empfang nehmen. Es kostete mich größte Überwindung, um die Bilder anzusehen; denn ich mußte dabei dicht ans Licht heranrücken, und mein Gesicht wurde so hell beleuchtet, daß man jedes Haar vom anderen unterscheiden konnte.

Es war damals Winter, und ich sah, daß die weiße Hand der Kaiserin einen rötlichen Schimmer bekommen hatte. Etwas Schöneres und Edleres hatte ich noch nie gesehen, und ich betrachtete sie mit Entzücken. Als sich aber die Morgendämmerung näherte, hatte ich nur noch den Wunsch, mich so schnell wie nur möglich in mein Zimmer zurückzuziehen. Es dämmerte schon, und die gefürchtete Zeit rückte heran, da die Jalousien heraufgezogen werden. Ich wußte gut, daß ich, die neueste unter den Hofdamen, diese Pflicht vor vielen aufmerksamen Augen tun mußte. Da kam auch schon eine Dienstfrau und sagte, man möchte die Jalousien aufziehen. Eine der Hofdamen stand sofort auf, um es zu tun. Da aber hieß sie die Kaiserin, noch zu warten, und die Dame zog sich mit wissendem Lächeln zurück. So blieben wir gottlob noch eine Weile im Halbdunkel. Die Kaiserin stellte einige Fragen an mich und sagte schließlich: «Du willst dich sicher schon zurückziehen; komme am Abend recht früh», und ließ mich gehen.

In meinem Zimmer öffnete ich die Vorhänge und betrachtete die wunderschöne Schneelandschaft. Da erschien schon ein

Bote der Kaiserin und richtete mir aus, daß ich heute auch am Tage Dienst habe, da es des Schneewetters wegen im Palast dämmerig sei und ich mich nicht zu schämen brauche. Ich zögerte jedoch noch immer, und die Kaiserin wiederholte das Botenschicken. Schließlich meinte auch die Oberhofdame: «Warum wollt Ihr in Eurem Zimmer sitzen? Der Kaiserin müßt Ihr doch außerordentlich gefallen haben, daß Euch Eure Gegenwart in ihrer Nähe so oft genehmigt wird. Es geht nicht gut an, das Wohlwollen Ihrer Majestät abzuschlagen.»

In der Nähe der Kaiserin befand sich ein großes Holzkohlenbecken, in dem ein starkes Feuer glühte. Die Kaiserin saß an ein kleineres Feuerbecken gelehnt, das aus duftendem chinesischem Holz gemacht und mit Lackmalerei verziert war. Ich mußte näher treten; aber wie beneidete ich die anderen Damen, die im Nebenraum warteten und sich so frei benahmen! Sie plauderten und lachten sogar. Ich mußte immer nur denken, wann und ob ich mich einmal so an den Dienst gewöhnen könnte wie diese Damen.

Nach einer Weile hörte man jemand rufen: «Der Fürst kommt.» Schleunigst räumte man die Sachen, die auf dem Boden verstreut lagen, auf. Ich versteckte mich schnell in eine Ecke hinter einen Vorhang und guckte, schrecklich neugierig, wie ich war, dahinter hervor. Ich dachte, Fürst Michitaka, der Vater der Kaiserin, sei gekommen; aber ich sah Fürst Korechika, den Bruder der Kaiserin, in purpurnen Gewändern, die der Schnee im Garten wunderschön aufleuchten ließ. Er setzte sich an den großen Pfeiler und sagte zur Kaiserin: «Obwohl ich heute Fastentag habe, bin ich doch gekommen, weil ich wegen des vielen Schnees um dich besorgt war.»

«Wie bist du gekommen?» fragte die Kaiserin, «sicher hast du keinen Weg gefunden.»[25]

Der Fürst lächelte: «Ich wünschte, daß du meine Liebe schätzest.»[25]

Er benahm sich so vornehm und elegant, daß ich mich mit eigenen Augen überzeugen konnte, daß unglaubhafte Beschreibungen solch schöner Gestalten in Erzählungen nicht übertrieben sind. Die Kaiserin hatte über das weiße Kleid weiße und scharlachrote Überwürfe aus chinesischem Damast angezogen. Ihr tiefschwarzes Haar ruhte wunderschön auf den Gewändern. So etwas hatte ich nur in Bildern gesehen, und mir war es, als träumte ich. Der Fürst plauderte und scherzte mit den Hofdamen und Dienstfrauen, die zu meinem Schrecken seine Scherze erwiderten und Spaß trieben. Ich allein, die ich nur zuhörte, errötete vor Scham.

Nun kam doch das Gefürchtete; der Fürst fragte: «Wer ist es, die sich hinter dem Vorhang dort versteckt hat?» Jemand nannte meinen Namen. Daraufhin stand er auf, und ich dachte, er ginge weg. Er aber kam zu mir und setzte sich vor mich! Ich weiß nicht mehr, was ich auf seine verschiedenen Fragen geantwortet habe. Ich war ganz außer mir.

Jedesmal, wenn ich in einem Wagen an der kaiserlichen Ausfahrt teilgenommen und den Blick des Fürsten auf mir gespürt hatte, bedeckte ich mein Gesicht mit einem Fächer, obwohl die Bambusjalousien des Wagens heruntergelassen waren. Diesen großen Fächer, meinen einzigen Schutz, hatte er jetzt an sich genommen. Ich schwitzte vor Aufregung, und meine Haare, die so häßlich sind, hingen mir ins Gesicht. Wenn er sich nur schon erheben wollte! wünschte ich; aber er spielte ruhig mit dem Fächer und betrachtete das Bild darauf. «Wer hat das gemalt?» fragte er mich und machte keine Miene, aufzustehen. Ich ließ meinen Kopf hängen und bedeckte mein Gesicht mit dem Ärmel. Da machte ich eine schreckliche Entdeckung: Die Ärmel waren von meiner weißen Schminke fleckig geworden. Der Gedanke, wie ich jetzt aussehe, entsetzte mich.

Die Kaiserin hatte jetzt Mitleid mit mir und rief ihrem Bruder: «Komm und schau, wie dieses Gemälde schön ist!» Meine Freude verschwand jedoch im Nu; denn der Fürst antwortete: «Gib es her! Ich werde es mir hier ansehen.»

«Komm doch zu mir!» sagte die Kaiserin.

«Ich würde schon kommen», antwortete der Fürst, «aber die Dame da hält mich fest und läßt mich nicht los.»

Ich fand, daß solche Scherze gar nicht zu meinem Aussehen und Alter passen.

Es ist doch merkwürdig, daß solche Scham mit der Zeit allmählich verschwindet. Anderen Damen muß es ebenso ergangen sein.

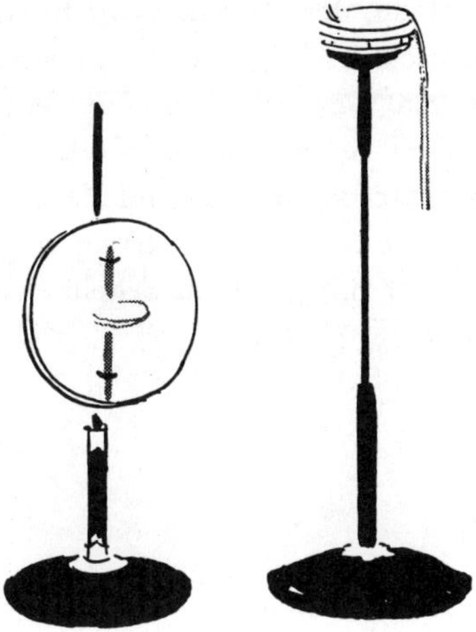

WAS KEIN VERTRAUEN ERWECKT

Ein Mann, der leicht seine Liebschaften vergißt.

Ein Schwiegersohn, der die Nacht oft auswärts verbringt.

Ein Mann, der oft sein Wort bricht und ebenso leicht wichtige Aufträge übernimmt.

Der erste Gewinner beim Würfelspiel.

Wenn ein sechzig-, siebzig- oder achtzigjähriger Mensch krank ist und die Tage vergehen, ohne daß eine Besserung eintritt.

Ein Boot mit gehißten Segeln, wenn es stürmt.

WORAUF MAN MIT UNGEDULD WARTET

Man hat ein Kleid bestellt, und es eilt einem.

Auf den Beginn einer Vorstellung.

Für eine Frau ist die Zeit gekommen, da sie ihr Kind gebären sollte, und es zeigt noch kein Zeichen.

In Eile eine Nadel einzufädeln, besonders wenn man es andere tun läßt.

KWANNON

Unter den buddhistischen Göttern ist Nyoirin Kwannon[26] der eindrucksvollste. Er stützt seinen Kopf mit der Hand, in Gedanken versunken über das Wesen der Menschenseele und über Wege, wie sie zu retten sei.

WINDE

Von allen Winden ist der Sturm am interessantesten. Auch der Winterwind ist schön. Und wie eindrucksvoll ist der leise wehende Regenwind zur Stunde der Abenddämmerung im dritten Monat! Der Wind im achten oder neunten Monat, der sich mit Regen vermischt, ist wohl noch schöner. Er ist ein Vorbote des Herbstes. Man muß über das dünnseidene Kleid noch eine Jacke anlegen. Es kommt einem vor, als ob man erst gestern das dünne Kleid vor lauter Hitze ausziehen wollte. Besonders gern habe ich den Frühherbstwind, der mir bei Tagesanbruch, wenn das Gitter und die kleine Tür geöffnet werden, ins Angesicht bläst. Gegen Ende des neunten und Anfang des zehnten Monats weht unter düsterem Himmel der starke Wind, der fallende gelbe Blätter umhertreibt. Überhaupt ist ein baumbestandener Garten im zehnten Monat stimmungsvoll, wenn ein Wind bläst.

ÜBER DIE FLÖTE

Die Flöte ist doch das schönste Blasinstrument. Ich freue mich immer, wenn ich, im Zimmer sitzend, eine Flöte ganz fern und dann allmählich näher höre. Wenn dann derjenige, der gehend die Flöte spielt, sich wieder entfernt, muß ich auf die Töne hinhorchen, bis sie gänzlich vergehen. Sie ist auch ein praktisches Instrument, da man sie auch in die Ärmeltasche hineinstecken kann.

Die Töne der Flöte sind wirklich unvergleichlich, besonders wenn man eine bekannte Melodie hört.

Reizend ist es, wenn man in der Morgendämmerung, nachdem der Geliebte die Frau verlassen hat, eine Flöte beim Bette findet, die er vergessen hat.

FAHRT ÜBERS LAND IM OCHSENWAGEN

Wenn ich im Kuhwagen übers Land fahre, amüsiert es mich, die in den Wagen hereinkommenden Äste schnell anzufassen. Wenn man sie nicht schnell faßt, verschwinden sie hinter dem Wagen.

Eine Fahrt durch eine Beifußwiese ist auch reizend. Die unter den Rädern zerdrückten Blätter kleben an den Rädern fest, kommen durch das Drehen der Räder herauf und schicken ihren erfrischenden Duft in den Wagen.

An einem Sommerabend gibt es nichts Erfrischenderes, als in einem Wagen zu fahren, dessen vordere und hintere Seite offen ist. Auch nur so einen Wagen zu sehen, vermittelt einem Kühle. Wenn man aus dem Inneren des Wagens Laute oder Flöte spielen hört, so muß man nur bedauern, daß der Wagen so schnell vorbeifährt. Wenn ich behaupte, daß es interessant sei, nach solch einem offenen Wagen den Geruch des Tieres zu riechen, wird man mich für sonderbar halten.

Durch die Finsternis der Nacht geht eine Vorhut mit einer Fackel dem Wagen voran. Wie reizend ist es, wenn der Wagen vom Duft des brennenden Kiefernpechs erfüllt ist!

BLEIBENDER DUFT

Eine Wasserlilie, die man für das Knabenfest am fünften Mai geschnitten hat, behält man oft bis in den Herbst oder Winter. Sie ist abgefärbt und vertrocknet und sieht häßlich aus. Man halte sie jedoch nur an die Nase; wie lebendig ist doch der Duft des Maifestes!

Man zieht ein Kleid an, das man tagelang nicht angehabt hat, und ist vom zarten Duft, den man damals in das Kleid eingeräuchert[27] hat, überrascht. Dieser bleibende Duft ist viel schöner als der allzu frische.

ÜBER BRIEFE

Ein Brief ist eine ganz alltägliche, doch wunderbare Sache. Man ist um eine Person besorgt, die in weiter Ferne lebt. Und ist es dann nicht wunderbar, wenn man von ihr einen Brief bekommt und beim Lesen das Gefühl hat, als spräche man innig mit dieser Person?

Wenn man einen Brief geschrieben und abgegeben hat, so ist einem leicht ums Herz, obwohl man gut weiß, daß die Person den Brief noch nicht erhalten hat.

Wie verschlossen und sorgenvoll wäre die Welt, wenn es keine Briefe gäbe!

VERGNÜGUNGEN

Der geeignete Zeitpunkt für ein Konzert ist die Nacht, wenn man die Gesichter der Leute nicht sieht.

EIN HOCHGENUSS

Wenn man in ganz heller Mondnacht durch einen Fluß fährt und das Wasser bei jedem Tritt des Ochsen aufspritzt, als schlage man Kristall in Stücke, das ist wahrlich ein Hochgenuß.

Heute morgen erzählte man sich, daß im Korridor vor den Damenzimmern während der Dämmerung eine Person gesehen worden sei, die nach dem Urteil der Leute niemals dort hätte erscheinen dürfen. Es stellte sich dann heraus, daß diese Person mich besucht hatte. «Noch dazu hatte sich diese Person hinter dem aufgespannten Regenschirm eines Dieners verborgen», sagten sie.

Während ich darüber nachdachte, daß mein Besucher zwar nicht ein Hofadliger, aber auch keiner sei, dessen Zutritt bei Hofe unerwünscht wäre, wurde mir ein Brief der Kaiserin überbracht, mit der Bitte, ihn sofort zu beantworten. Der Brief enthielt nur eine lustige Zeichnung: eine Hand hielt einen riesigen Regenschirm, und darunter stand:

Der Berg von Mikasa[28]
seit die Morgendämmerung kam...

Ich wünschte, daß ich der Kaiserin diese unbedeutende, dumme Geschichte erspart hätte. Aber ihr Brief amüsierte mich, und so zeichnete ich auf ein anderes Papier einen heftigen Regen und schrieb darunter:

... regnet es in Strömen,
bis meine Kleider klatschnaß wurden.[29]

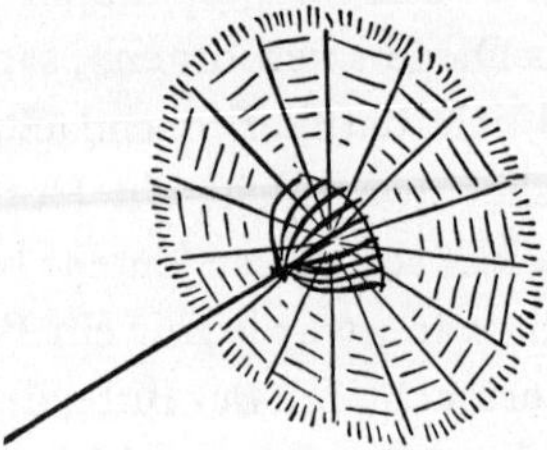

DER ARIDOSHI-TEMPEL

Der Aridoshi-Tempel ist einer der nennenswertesten Tempel im Lande. Einst ritt der Dichter Tsurayuki an diesem Heiligtum vorbei. Er dachte, es sei nicht nötig, vom Pferde zu steigen und sich zu verneigen, weil ihn in der Nachtfinsternis niemand bemerken würde. Doch plötzlich begann sein Tier zu lahmen, und sofort wußte er, daß der Gott dieses Tempels seinen Mangel an Ehrfurcht nicht übersehen hatte. Er verfaßte aus dem Stegreif ein Gedicht und brachte es dem Gott als Opfergabe dar. Gleich darauf wurde das Pferd wieder gesund.

Vom Ursprung des Namens dieses Tempels wird folgende Geschichte erzählt. Ich weiß nur nicht, ob es eine wahre Begebenheit ist.

Es war einmal ein Kaiser, der nur junge Leute in seinem Reich dulden wollte. Er erließ einen Befehl, daß jeder, der vierzig Jahre alt geworden ist, dem Kaiser aus den Augen gehen müsse. Deshalb mußten alle älteren Leute die Hauptstadt verlassen.

Nun lebte damals ein Adliger, der seine siebzigjährigen Eltern sehr liebte und es nicht übers Herz brachte, sie in die Verbannung gehen zu lassen. Deshalb grub er bei Nacht heimlich einen Keller unter seinem Haus und ließ die Eltern darin wohnen. Er besuchte sie täglich und fragte nach ihrem Wohlbefinden.

Danach berichtete er bei Hofe, daß seine Eltern nicht mehr anwesend seien. Damals zu leben, muß schrecklich gewesen sein! Man hätte die alten Leute in Ruhe lassen sollen, wenn sie sich versteckt hielten.

Gerade zu jener Zeit wollte der Kaiser von China unser Land erobern und versuchte, uns mit schwierigen Rätseln zu fangen. Als erstes sandte er einen sehr schön polierten Holzklotz mit der Frage, wo der Anfang und wo das Ende sei. Unser Kaiser konnte die Frage natürlich nicht beantworten und war sehr aufgeregt. Der Adlige berichtete dies seinen Eltern, und sein alter Vater sagte: «Wirf den Klotz in schnellfließendes Wasser, quer zur Strömung. Nach einigen Umdrehungen wird es sich zeigen, wo der Anfang ist. Die Seite, die stromabwärts zeigt, ist nämlich das Ende.» Der Sohn unterbreitete dem Kaiser mit wissender Miene diesen Vorschlag, und die Lösung war tatsächlich richtig.

Daraufhin aber wurden aus China zwei Schlangen gesandt, diesmal mit der Frage, welche männlich und welche weiblich sei. Niemand wußte es. Wieder gab der alte Vater einen guten Rat: «Man lege die beiden Schlangen Seite an Seite und nähere einen dünnen Zweig ihrem Schwanze. Die Schlange, die sich zuerst bewegt, ist die weibliche.» Nachdem man auf diese Weise die Schlangen gekennzeichnet hatte, sandte man sie nach China.

Nach längerer Zeit wurde dem Kaiser ein Edelstein gesandt, mit winzigen Öffnungen an beiden Seiten, die durch einen siebenfach gewundenen Durchbruch miteinander verbunden waren. Diesmal lautete die Aufgabe: «Wir bitten, einen Faden durch den Edelstein zu ziehen. Hierzulande kann es fast jeder.» Aber selbst die geschicktesten Männer schienen dafür untauglich zu sein. Der alte Vater aber wußte wieder Rat und sagte zu seinem Sohn: «Fange zwei große Ameisen und befestige einen dünnen Faden um ihre Mitte. An das andere Ende dieses Fadens binde einen stärkeren Faden. Alsdann sollst du an eine Öffnung des Edelsteins etwas Honig streichen.»

Der Sohn tat, wie ihm sein Vater geheißen hatte, und setzte die Ameisen ins Loch des Edelsteins hinein. Sie witterten den Honig an der anderen Öffnung und kamen schnell heraus. Da sagten die Chinesen: «Japan ist zu klug für uns», und bedrängten uns nicht mehr mit Fragen.

Der Kaiser bot dem jungen Edelmann die höchsten Würden im Staate an. Dieser aber dankte und sagte, er habe nur einen einzigen Wunsch, und der sei, die Verbannung aller alten Leute wieder rückgängig zu machen.

Diese Bitte wurde sogleich erfüllt, und

große Freude herrschte im Lande. Der Adlige wurde später Minister des Reiches.

Der alte Vater des Adligen ist wahrscheinlich der Schutzgott dieses Tempels geworden. Man erzählte mir, daß einst einem Besucher des Tempels die Gestalt dieses greisen Vaters erschienen sei und ihm erzählt habe, weshalb der Tempel Aridoshi (Ameisengang) heiße.

WAS IM HAUS VORHANDEN SEIN MUSS

Die Küche.

Die Räumlichkeiten für das Gefolge.

Ein neuer Besen.

Junge Mägde und Diener.

Ein dreiteiliger Wandschirm.

Ein hübscher bestickter Proviantsack.

Ein Regenschirm.

Eine lackierte Tafel, auf der man niederschreibt, was man vergessen könnte.

Ein rundes Kissen.

Ein Kohlenbecken, das mit Zeichnungen hübsch verziert ist.

Schalen für den Reiswein.

WANN SONNE, MOND, STERNE UND WOLKEN SCHÖN SIND

Die Sonne, wenn sie untergeht. Überaus schön ist es, wenn über den Berggipfeln, hinter denen die Sonne soeben verschwunden ist, ein rötlicher Schimmer zurückbleibt und gelblich gefärbte Wolken sich lang hinziehen.

Der Mond am frühen Morgen. Schön ist er auch, wenn er hinter dem Gipfel des östlichen Berges seinen ersten silbernen Strich zeigt.

Unter den Sternen sind der Altar, die Plejade und die Venus schön. Überhaupt könnten die Sterne viel schöner sein, wenn es keine Schnuppen gäbe.

Weiße, purpurne und schwarze Wolken sind schön. Regenwolken, die der Wind über den Himmel jagt. Dunkle Wolken, die bei beginnender Morgendämmerung allmählich weiß werden, sind interessant. Ein dünner Wolkenschleier, der das hellerleuchtete Mondgesicht leicht bedeckt.

WAS VOM HIMMEL FÄLLT

Schnee. Hagel.

Ich liebe keine Graupeln; aber wenn sie sich mit Schnee mischen, ist es ganz reizvoll.

Bezaubernd ist der Schnee, der auf dem mit Zypressenrinde bedeckten Dach eines Hauses liegt. Der halb geschmolzene oder in einer dünnen Schicht liegende Schnee auf schwarzen Dachziegeln. Die Kontrastwirkung schwarz-weiß ist dabei sehr schön.

Herbstregen und Hagel sind interessant, wenn sie auf ein Holzdach fallen.

WAS LÄRM MACHT

Das Knistern der glühenden Holzkohle.

Hühner, die auf einem Holzboden Körner picken.

Wenn man den Kiyomizu-Tempel gerade am Festtag dieses Tempels aufsucht.

Wenn in der Nähe ein Feuer ausgebrochen ist, gibt es natürlich Lärm. Nachdem aber das eigene Haus knapp verschont geblieben ist, ist man immer noch aufgeregt, und es wird noch lange nicht still.

Wenn nach einer Vorstellung oder Festversammlung zahlreiche Wagen gleichzeitig in alle Richtungen davonfahren wollen.

WER SICH EINEN KLUGEN ANSTRICH GIBT

Die dreijährigen Kinder von heutzutage. Die Frauen, die die Götter zur Heilung irgendeiner Krankheit anrufen.

Eine Hausfrau der unteren Kreise. Lebt sie mit einem dummen Mann zusammen, so ist das schon komisch genug; aber auch einem wirklich klugen Mann wird sie ihre weisen Lehren erteilen.

WAS SCHNELL VORBEIGEHT

Ein gesegeltes Schiff.
Das Alter des Menschen.
Die Jahreszeiten.

DER LIEBESBRIEF

Eine Dame, die eine ausgesprochene Schönheit war und der einige Strähnen ihres vollen, dichten Haars sehr unternehmungslustig in die Stirn hingen, hatte in der Abenddämmerung plötzlich einen Liebesbrief erhalten. Sie war zu aufgeregt und ungeduldig, um sich die Zeit zu nehmen, eine Lampe anzuzünden, und so ergriff sie kurz entschlossen die zwei Eisenstäbe neben dem Kohlenbekken und versuchte, beim Schein einer glühenden Kohle die Zeilen zu entziffern. Ich hatte das beobachtet und war von dem Verhalten dieser Dame ganz entzückt.

Als ich unlängst zum Kamo-Tempel pilgerte, wunderte ich mich auf dem Weg über die Frauen auf dem Feld. Ihr Gesicht unter dem schirmförmigen Hut versteckt, bewegten sie sich langsam rückwärts, sich niederhockend und wieder aufstehend. Es war lustig, ihnen zuzusehen; doch was sie dabei sangen, gefiel mir nicht:

Du, Kuckuck,
Gemeiner Schelm!
Wenn du rufst,
steh ich auf dem Reisfeld
und muß emsig Reis pflanzen.

Gegen Ende des achten Monats sah ich auf dem Weg nach dem Uzumasa-Tempel, daß auf denselben Feldern der Reis schon hoch stand. Die Leute mähten den Reis und brachten die Ernte ein. Wahrlich, die Zeit vergeht schnell, so wie es im alten Gedicht heißt:

Gestern setzten wir die Reispflänzchen ins
Feld,
Heute weht der Herbstwind über die reifen
Ähren.

Diesmal aber arbeiteten nur Männer. Sie packten die Reisbündel über der Wurzel mit einer Hand an und schnitten sie mit der anderen Hand mit einem Messer oder einem ähnlichen Ding ab. Ihre Geschicklichkeit war so erstaunlich, daß ich dies eigentlich noch dem Kapitel dieses Heftes «Was wunderbar ist» hinzufügen könnte.

SCHÖNSTES IN DER WELT

Es gibt wohl nichts Schöneres in der Welt, als geliebt zu werden, sei es von den Eltern, vom Dienstherrn oder von Freunden.

MENSCHEN, DIE NACHAHMEN, WAS ANDERE TUN

Diejenigen, die gähnen.

Kinder.

Kleine Leute, die unerzogen und verabscheuungswürdig sind.

ÜBER DIE MÄNNER

Die Männer sind aber auch merkwürdig und sonderbar. Die Art, wie sie die Schönste sitzenlassen und sich irgend etwas Mittelmäßiges nehmen, ist im höchsten Grade befremdend.

Wer bei Hofe verkehrt oder ihm doch nahesteht, sollte sich unter den hübschen Mädchen die Allerschönste wählen. Mag er auch befürchten, sie stehe für ihn zu hoch; das ist ganz gleich! Sieht er in ihr sein Glück, so soll er diese Frau auch zu erobern suchen. Hört ein Mann die Schönheit eines Mädchens rühmen, so begehrt er sie doch, auch ohne sie vorher gesehen zu haben. Wie kann sich einer nur in eine verlieben, die schon unter Frauen für häßlich gilt!

Es mag auch vorkommen, daß eine Dame von wirklicher Schönheit und edlem Gemüt einem Mann mit dichterischem Geschmack einen Vers widmet. Als erfahrener Weltmann schickt er ihr ein nicht zu verachtendes Antwortgedicht, und doch versäumt er es, sie öfter zu besuchen. Das Mädchen weint rührenderweise; doch er verläßt es gefühllos.

WORAN SICH DER MENSCH SELTEN ERINNERT

An das genaue Alter seiner Mutter.

ÜBER MENSCHLICHE EIGENSCHAFTEN

Von allen Eigenschaften der Frau ist die Warmherzigkeit die wertvollste. Natürlich gilt dies auch oder viel mehr für Männer. Freundlichkeiten oder Besuche, die man erwartet hat, berühren einen nicht besonders, unerwartete Freundlichkeiten aber, wenn es auch nur ein warmes Grüßchen ist, erfreuen einen sehr.

Selten treffe ich doch solche Leute, die ein warmes Herz haben und zugleich aufmerksam und klug sind.

ÜBER DIE SCHÖNHEIT DES MENSCHENGESICHTES

Gesichter, die für ungewöhnlich schön gelten, können immer wieder angesehen und doch interessant gefunden werden, während schöne Bilder durch wiederholtes Betrachten nicht mehr auffallend wirken. Den Bildern des Wandschirmes, der immer im Zimmer steht, schenkt man keine Aufmerksamkeit mehr, obwohl sie eigentlich sehr schön sind. Mit den Menschengesichtern ist es etwas anderes. Auch häßliche Gesichter haben irgendeinen Vorzug, weswegen man sie anblicken kann, und das ist ein großer Trost für die Menschen.

Viele Romanbücher zu haben, die ich noch nicht gelesen habe. Ich lese den ersten Band und finde ihn sehr schön. Wenn ich den zweiten Band bekomme, bin ich sehr glücklich. Nicht selten aber bin ich durch die Lektüre des zweiten Bandes enttäuscht.

Ich habe einen schrecklichen Traum geträumt und frage mich bestürzt, was für ein Unglück nun hereinbrechen werde. Aber der Wahrsager erklärt mir, daß dieser Traum nichts zu bedeuten habe. Ich bin entzückt!

Ich bin zu einer Gesellschaft hochgestellter, vornehmer Personen eingeladen. Man erzählt sich dies und jenes, alte Geschichten und neuesten Gesellschaftsklatsch. Ich bin glücklich, wenn der Erzähler seinen Blick auf mich richtet oder mir sogar eine Frage stellt und ich nicht ganz vergessen bin.

Ich habe erfahren, daß eine Person, die mir teuer ist, erkrankt sei, und bin besorgt, ohne helfen zu können. Wie glücklich bin ich, wenn ich die Nachricht bekomme, daß sie genesen ist!

Eine Person, die so hoch steht, daß ich sie kaum anzusprechen wage, kommt zu mir und fragt mich wegen eines Gedichtes um Rat. Ich erteile dann die richtige Auskunft und bin schrecklich froh. Wenn ich jemanden wegen eines Gedichtes um Rat frage und richtig belehrt werde, bin ich auch glücklich.

Nach nicht sehr langem Suchen findet man das Gesuchte und ist glücklich.

Freut es einen vielleicht nicht, wenn man im Spiel, welches es auch sein möge, gewonnen hat?

Ich freue mich besonders, wenn ich einen hochmütigen Menschen kurz abfertigen kann. Meine Freude ist riesengroß, wenn es sich dabei um einen Mann handelt.

Ich muß gestehen, daß es mir froh zumute ist, wenn jemand, den ich hasse, Pech hat.

Ich bin glücklich, wenn ein Zierkamm, den ich extra machen ließ, über Erwarten gut gelungen ist.

Besonders glücklich bin ich aber, wenn einer glücklich ist, den ich liebe.

Wenn ich zum Dienst in die Räumlichkeiten der Kaiserin eintrete und noch in der Vorhalle warte, ruft mich die Kaiserin. Die anderen Hofdamen machen mir Platz zum Durchgehen. Das ist meine Freude.

DIE GESCHICHTE VOM BRIEFPAPIER UND DER STROHMATTE

Eines Tages, als zahlreiche Hofdamen um die Kaiserin versammelt waren, sagte ich plötzlich im Anschluß an ein Gespräch: «Manchmal bin ich über die Welt aufgebracht, und sie verdrießt mich, und dann habe ich das Gefühl, ich möchte meiner Wege gehen und mich irgendwo im Unbestimmten verlieren. Doch wenn ich dann die Hand über hübsches weißes Briefpapier, über einen schönen Schreibpinsel oder gar über ein geblümtes Seidenpapier gleiten lasse, bin ich geneigt, noch etwas länger auf dieser Erde zu verweilen. Auch wenn ich eine ausgebreitete grüne Strohmatte betrachte, die kunstvoll mit schwarz gemustertem Stoff eingesäumt ist, der sich reizvoll von dem hellen Untergrund abhebt, glaube ich aufrichtig, daß ich niemals den Gedanken an die Welt aus meinem Hirn verbannen könnte, und das Leben erscheint mir kostbar.»

Die Kaiserin erwiderte lächelnd: «Nun, du bist ja wirklich mit wenigem zufriedenzustellen.»

Einige Zeit danach hielt ich mich auf dem Lande auf, und allerhand schwermütige Gedanken gingen mir durch den Kopf, als ich plötzlich von der Kaiserin ein Paket mit zwanzig Bündeln schönsten Schreibpapiers erhielt. Ihre Majestät ließ mir sagen, ich solle zurückkehren, und einige Zeilen hatte sie selbst mitgegeben: «Wenn ich Dir heute dieses Papier übersende, so geschieht es, weil ich mich Deiner Worte von neulich sehr gut entsinne. Doch komm nicht etwa auf die Idee, die Heilige Sutra des ‚Ewigen Lebens' darauf zu schreiben; denn dafür wäre das Papier nicht kostbar genug!»

Ich war ganz glücklich vor Freude. So hatte also die Kaiserin meine Worte genau im Gedächtnis behalten, die ich schon fast wieder vergessen hatte. Ich wäre schon glücklich gewesen, wenn mir ein gewöhnlicher Sterblicher so viel Interesse bekundet hätte; daß es aber die Kaiserin selbst war, das war für mich unfaßbar, und ich hätte nie im entferntesten damit gerechnet.

Die Freude verwirrte mir den Geist, und da ich mich nicht in der Lage fühlte, ein paar passende Zeilen als Antwort zu schreiben, begnügte ich mich mit einem Kurzgedicht:

«*Dank der Gnade*
der ehrwürdigen Herrscherin,
deren Namen ich kaum zu nennen wage,
wird mir jetzt sicherlich ein ebenso langes Leben
wie dem Kranich beschieden sein.»[30]

Eine Hofdame von untergeordneterem Rang hatte mir das Papier gebracht, und ihr übergab ich meine Zeilen und fügte hinzu: «Fragt doch die Kaiserin, ob mein Vergleich mit dem Kranich vielleicht doch zu anmaßend sei», und damit übergab ich der Überbringerin als kleines Geschenk ein grünes Gewand. Entzückt über das schöne Papier, beeilte ich mich, es zu heften und meine Gedanken daraufzuschreiben, und in Wahrheit war ich so begeistert, daß mir im Nu meine Langeweile verging und ich bis ins Innerste meines Herzens froh wurde.

Zwei Monate später erschien ein Mann, der offenbar nur ein einfacher Knecht zu sein schien, und überbrachte eine Strohmatte und sagte mit lauter Stimme nur: «Bitte schön.» Meine Zofe war aufgebracht über sein Verhalten und hielt ihm vor, daß ein Mann doch ohne Erlaubnis ein von einer Dame bewohntes Haus nicht betreten dürfe. Daraufhin verschwand der Bote sofort, und als ich befahl, man solle ihn fragen, woher das Geschenk käme, erhielt ich nur zur Antwort, er sei nicht mehr da.

Die Strohmatte war mit besonderer Sorgfalt geflochten und eingesäumt worden. Sie hatte einen entzückenden Stoffrand, und ich hatte einen Verdacht auf jemand Bestimmten.

Ich war jedoch dessen nicht sicher, und so schickte ich jemand aus, der den Boten wieder einfangen sollte. Aber der schien von der Erdoberfläche verschwunden zu sein, und alle waren erstaunt, konnten aber ein Lächeln nicht unterdrücken.

Sollte er mir aus Versehen diese Strohmatte überbracht haben, so wird er sicherlich wiederkommen, dachte ich bei mir.

Zwei Tage vergingen, ohne daß mir irgend etwas Neues in dieser Angelegenheit zu Ohren kam. Jetzt zweifelte ich nicht länger, und so schrieb ich an Sakyo, die Ehrendame der Kaiserin: «. . . das hat sich also bei mir zugetragen. Wißt Ihr vielleicht, daß unsere Herrin so etwas unternommen hat? Könntet Ihr nicht vielleicht herausfinden, ob meine Vermutung stimmt? Aber solltet Ihr wirklich nichts davon wahrgenommen haben, so lasset, bitte, niemanden wissen, worum ich Euch gebeten habe.

«Es handelt sich bei dieser Angelegenheit», so antwortete mir Sakyo, «um etwas, das die Kaiserin höchstpersönlich veranlaßt hat, und sie wollte, daß strengstes Stillschweigen darüber gewahrt werde. Lasset also nie, auch später nicht, auch nur ein Wort verlauten, daß ich darüber gesprochen habe!»

Wie glücklich war ich, daß ich mit meiner Vermutung recht gehabt hatte; ich schrieb einen Brief, der heimlich auf die Veranda der Kaiserin gelegt werden sollte; aber die Überbringerin war so aufgeregt, daß sie ihn, gerade als sie ihn auf das Geländer der Veranda legen wollte, fallen ließ und er in einem schmutzigen Graben landete.

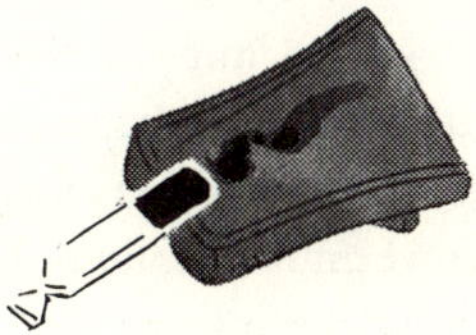

BESUCH IM REGEN

Ich hörte einst Prinz Hyobu erzählen: «Die Freundlichkeit eines Besuchers, der sich in strömendem Regen zu mir bemüht, schätze ich sehr. Wenn es gar eine Person ist, mit der ich in Zwietracht lebe, so werde ich ihren Versöhnungswillen besonders hoch schätzen.» Ich aber bin anderer Meinung. Wenn derjenige, der mich regelmäßig besucht, auch bei heftigem Regen kommt, so weiß ich seine Liebe zu schätzen. Was soll ich mir aber denken, wenn jemand, der sonst sehr selten kommt, mich gerade im scheußlichsten Unwetter aufsucht? Es gibt wahrlich Leute, die sich gerade einen Regentag auswählen, nur um Gefallen zu erwecken und gelobt zu werden.

Überhaupt werde ich bei Regenwetter stets von Schwermut befallen. Die sonst lobenswerte Aussicht aus unseren Zimmern wird durch den dauernden Regen trübe, und ich empfinde keinerlei Freude. Die gewöhnlichen Häuser und Gärten sehen im Regen so furchtbar aus, daß man sich nichts sehnlicher wünscht, als daß der Regen endlich aufhöre.

Hingegen wird ein Besuch in einer schönen Mondnacht noch jahrelang unvergeßlich bleiben. Wenn ich den Besucher nicht hereinlassen darf, so werde ich mit ihm wenigstens ein wenig plaudern. Wenn einer, der eigentlich bei mir nicht übernachten darf, in einer Mondnacht an mich denkt und zu mir kommt, so ist es nicht ausgeschlossen, daß ich gemeinsam mit ihm die schöne Nacht verbringe.

GEGEN MITTERNACHT

Gegen Mitternacht dem Flötenspiel des Kaisers in der Ferne zu lauschen, ist wunderbar.

DAS GEDICHT VOM WEIHRAUCHKESSELBERG

Die ganze Nacht über hatte es in dicken Flocken geschneit. Trotzdem hatte man gegen den üblichen Brauch das Fenstergitter geschlossen gehalten. Während die Hofdamen um das Kohlenbecken versammelt waren, durch Blasen das Feuer anzufachen versuchten und unter Gesprächen den Tagesbefehl erwarteten, sagte plötzlich die Kaiserin:

«Shonagon, wie ist der Schnee auf dem Hsiang-lu-feng, dem Weihrauchkesselberg?»

Ich sagte kein Wort, sondern schob das Fenstergitter auf und rollte den Bambusvorhang in die Höhe. Die Kaiserin mußte lächeln, und auch die anderen wußten um den Sachverhalt. Sie hatten selbst das Lied[31] schon oft gesungen; aber auf meinen Einfall, auf diese Weise die Frage der Kaiserin zu beantworten, wäre wohl keine gekommen.

Sie sagten nur nachher, als die Kaiserin den Raum schon wieder verlassen hatte: «Das scheint für unsere Herrin gerade die Rechte zu sein.»

WAS ÜBERAUS UNSAUBER IST

Schnecken.

Der Besen, der zum Kehren schmutziger Stellen benützt wird.

WAS EINEN SCHLAMPIGEN EINDRUCK MACHT

Hofdamen, die ihre Haare gebunden tragen.[32]

Die Innenseite des mit chinesischen Bildern geschmückten Gürtels.

Der Lebenswandel eines ehrwürdigen Priesters.

DIE TÜCKEN DES MEERES

Die Sonne strahlte vom Himmel herab, und die Oberfläche des Meeres war wunderbar glatt und ruhig. Sie ähnelte einem straffgespannten Stoff aus hellgrüner Farbe. Einige junge Frauen, die leicht angezogen waren, unternahmen mit ein paar jungen Männern eine Bootsfahrt. Sie fanden großen Spaß am

Handhaben der Ruder und am Singen fröhlicher Lieder. Es war einfach bezaubernd, und wie gern hätten wir jene Menschen, die uns besonders nahestanden, an diesem Erlebnis teilnehmen lassen.

So glitten wir langsam auf der Wasseroberfläche dahin und waren ganz unseren Träumereien hingegeben, als plötzlich ganz unerwartet ein Wind aufkam, der im Nu das Meer in eine aufgeregte und tobende Wassermasse verwandelte. Die Wellen schlugen in unser Boot hinein, und wir strebten mit äußerster Kraft dem nächsten Ufer zu. Wer hätte geglaubt, daß das Meer noch vor wenigen Augenblicken so friedlich sein konnte!

Erst nach diesem Erlebnis wurde mir klar, wie hart das Los der Menschen ist, die zur See fahren, und wie sehr sie unsere Achtung und Bewunderung verdienen. Als ich am nächsten Tage wiederum am Strand weilte und sah, wie die Matrosen ihre Boote bestiegen, war ich ganz gerührt von diesem Anblick, und ein Schauer überkam mich, als ich an die Tücken des Meeres dachte.

Auf Grund dieser Erfahrung bin ich der

Ansicht, daß Menschen von gewissem Rang, die vielleicht in Amt und Würden stehen, nie eine Seereise machen sollten. Man hat im übrigen schon Anlaß genug zur Besorgnis, wenn man im Wagen oder zu Fuß eine Reise unternimmt. Es mag dabei allerdings beruhigend sein, daß man stets, was auch passieren mag, festen Boden unter den Füßen behält.

WORAUF MAN SICH NICHT VERLASSEN KANN

Auf jene Menschen, die allgemein als schlecht gelten; und dennoch scheint mir, daß sie manchmal aufrichtiger sind als die anderen, die durch ihre Güte bekannt sind.

Die Männer sollten in den Zimmern der Palastdamen, denen sie einen Besuch abstatten, niemals etwas zu sich nehmen. Das wäre im höchsten Grade unschicklich. Die Damen, die sie dazu auffordern, sind in gleicher Weise verabscheuungswürdig.

Wenn die Freundin eines Kavaliers sich darauf versteift und erklärt, er müsse sich erst durch ein paar Bissen stärken, ehe er mit ihr zu plaudern beginne, so kann der arme Mann nicht seinen Mund verziehen und ablehnen, sondern er wird sicherlich etwas essen.

Sollte es sich ergeben, daß ein Mann in seiner Trunkenheit mitten in der Nacht sich in meinem Zimmer häuslich niederläßt, so würde ich ihm überhaupt nichts anbieten. Mag er nachher denken, ich sei nicht nett zu ihm gewesen, und nie mehr wieder zu mir kommen. Was macht es schon?

DER GEISTERBESCHWÖRER UND SEIN MEDIUM

Neulich ging ich an einem von hohen Kieferbäumen umgebenen stattlichen Haus vorbei. Der Garten war groß, und alle Fenster der südöstlichen Seite waren offen, so daß ich gut in das Haus hineinschauen konnte. Mitten im Zimmer war ein Wandschirm aufgestellt, und was dahinter war, blieb mir verborgen. Vor dem Schirm aber saß ein gut aussehender Priester von etwa dreißig Jahren in prächtigen Gewändern und las aus der Dharani-Sutra vor, sich ab und zu fächelnd, weil es sehr warm war.

Nach einer Weile kroch ein junges Mädchen hinter dem Schirm hervor. Sie hatte schöne Haare und war mit einem dünnseidenen Kleid und einer auffallend langen Hakama-Hose bekleidet. Das Mädchen kroch noch weiter heran, blieb bei einem anderen Wandschirm sitzen und starrte geistesabwesend in den Himmel. Sie war nämlich das Medium, in dessen Körper die bösen Geister, die in einem anderen kranken Körper saßen, ihren Sitz wechseln sollten.[33]

Der Priester gab ihr den magischen Stab und las noch lauter mit geschlossenen Augen vor. Vor dem Zimmer waren Dienstfrauen versammelt, die das Mädchen mit Neugierde und Besorgnis anstarrten. Bald fing das Mädchen an zu zittern und bewegte krampfhaft ihre Glieder wie eine Verrückte. Ich war voller Bewunderung über die schnelle

Wirkung der Beschwörungskunst. Ein junger Mann, der Bruder des Mädchens, fächelte ihr liebevoll von hinten etwas Kühlung zu. Wie würde sie sich schämen, wenn sie bei Sinnen wäre! Sie aber merkte natürlich nicht, wie viele Leute sie anstarrten, und stöhnte, als müßte sie fürchterliche Qualen leiden. Einige Freunde des Mädchens hatten Mitleid mit ihr und ordneten ihr entstelltes Kleid.

Da kam schon die Nachricht, daß der Kranke sich etwas besser fühle, und das Mädchen kam allmählich zu sich.

«Um Gottes willen, was mache ich da?» rief sie, sich fürchterlich schämend, «ich dachte, ich wäre immer noch hinter dem Wandschirm!» Sie wollte sich schnell zurückziehen, indem sie ihr Gesicht mit den Haaren bedeckte. Der Priester aber hielt sie am Arme zurück und betete noch eine Weile für sie. «Nun, fühlt Ihr Euch besser?» fragte er. Das Mädchen konnte vor Scham nicht antworten.

Nachdem sich das Mädchen zum Ausruhen zurückgezogen hatte, erschien eine

Dame und richtete dem Priester den Dank des Kranken aus: «Wie glücklich sind wir, daß Ihr gekommen seid! Unser Herr hatte solche Schmerzen. Wenn er vollständig genesen ist, werden wir Euch zutiefst dankbar sein. Wir bitten Euch, morgen wieder zu kommen.» — «Die bösen Geister scheinen diesmal sehr hartnäckig zu sein», sagte der Priester. «Wir bitten daher um größte Vorsicht. Doch freuen wir uns, daß es dem Herrn besser geht.» Er sprach nicht viel und verabschiedete sich in vornehmer Haltung.

Ich war von diesem Priester sehr beeindruckt und betrachtete ihn, als ob er ein wahrer Heiliger wäre.

WÜRDE

Würde ist es, was sowohl Männer als auch Frauen nicht entbehren dürften. Selbst für gewöhnliche Frauen, die wenig Verkehr mit Menschen pflegen, ist schon Würde notwendig; denn unter den Dienstboten, die sie empfangen muß, befinden sich genug solche, die die Würde einer Frau richtig zu schätzen wissen. Der Ruf einer Hofdame hängt sehr oft von ihrer Würde ab. Wie könnte sie so würdelos sein wie eine auf die bloße Erde gesetzte Katze, die noch nie an der frischen Luft gewesen ist!

DER STÖRENFRIED

Einen Menschen, der sich ungefragt und leichtfertig in eine Unterhaltung einmischt und darnach mit einem anderen über etwas anderes schwatzt und dadurch die Anwesenden verwirrt, sollte man nur mit Verachtung strafen.

EIN SCHWIERIGER FALL

Ein Vater erfährt durch Zufall, daß einer seiner Söhne, der inzwischen zum Mann herangereift ist, eine Dummheit begangen hat, die man von ihm keinesfalls erwartet hatte. Was mag nun der Vater für Qualen ausstehen, wenn er sich seinem Sohn gegenübersieht und ihm die Verwerflichkeit seines Verhaltens klarmachen soll!

ZAHNSCHMERZEN

Ein achtzehn- oder neunzehnjähriges Mädchen mit üppigem, körperlangem Haar, von etwas rundlicher Figur, sehr hübsch, mit feiner weißer Hauttönung — sie hat fürchterliche Zahnschmerzen, vergießt Tränen und merkt nicht einmal, daß ihr wundervolles Haar in Unordnung gerät. Sie sieht jedoch ganz entzückend aus, wie sie ihre erröteten Wangen mit den Händen preßt.

Die Art und Weise, in der Zimmermeister zu essen pflegen, ist geradezu erschreckend. Es war zur Zeit, als man nach der Fertigstellung des neuen Palastes an den Bau eines besonderen Seitenflügels ging. Von der Ostseite des Hauptgebäudes her konnte ich die Zimmerleute beim Essen beobachten, wie sie einer neben dem anderen hockten. Kaum hatte man ihnen die unglasierten Tonschalen mit der Suppe gebracht, griffen sie so hastig zu, als hätte man sie mit dem Essen lange warten lassen, und ohne auch nur einmal abzusetzen, gossen sie sich die Suppe in ihren Rachen. Die leeren Schalen flogen in die Ecke, und im Nu verschlangen sie jetzt das Gemüse bis zum letzten Rest. Ich dachte im stillen, daß sie nun den Reis wohl kaum mehr vertragen würden, doch hatte ich mich getäuscht, denn im Handumdrehen hatten sie auch das letzte Reiskorn ihrem Magen einverleibt. Da sich alle in gleicher Weise benahmen, müssen solche Sitten bei den Zimmermeistern üblich sein. Scheußlich!

Ein allein lebender junger Mann, der als Schürzenjäger bekannt ist, sitzt am Morgen, von irgendwoher zurückgekommen, an seinem Schreibtisch und bereitet seine Schreibutensilien vor. Er sieht noch sehr schläfrig aus, will aber den Brief nicht nachlässig schreiben. Schlampig angezogen, sitzt er aufrecht und fängt an, mit größter Aufmerksamkeit zu schreiben.

Der Brief ist fertig; aber er gibt ihn nicht dem Dienstmädchen, das nebenan sitzt, sondern steht auf, geht zur Tür, ruft einen Laufburschen, flüstert ihm etwas zu und händigt ihm den Brief aus. Er blickt noch eine Weile in die Richtung hin, wo der Knabe verschwunden ist, und murmelt eine gewisse Stelle der Sutras. Dann wäscht er sich die Hände, zieht sich eine Jacke an, setzt sich und liest anerkennenswerterweise im sechsten Band der Saddharma-Pundarika-Sutra.

Seine Geliebte muß ja ganz in der Nähe wohnen; denn der Bote ist schon mit der Antwort zurück. Er legt das heilige Buch beiseite und liest nun eifrig den Liebesbrief. Wird er nicht vielleicht von Buddha gestraft werden?

WAS SCHLECHT AUSSIEHT

Jemand, der sein Gewand so nachlässig angezogen hat, daß die Rückennaht schräg verläuft.

Die Kutsche eines hohen Würdenträgers, bei der der untere Saum der Fenstervorhänge nicht blitzsauber ist.

Menschen, die ihre Kinder auch zu jenen Leuten mitnehmen, bei denen sie nur ganz selten Besuch machen.

Eine häßliche und magere Frau mit dunkler Haut, die außerdem noch eine Perücke trägt.

Sehr hübsche Frauen sehen sogar, wenn sie nach kurzem Schlummer erwachen, noch etwas lieblicher als gewöhnlich aus; jene aber, die über keine besonderen Reize verfügen, haben in der gleichen Situation glänzende Haut, ein vom Schlaf zerknittertes Gesicht und fieberhaft gerötete Wangen. Ach, und wenn dann gar zwei so bedauernswerte Wesen gleichzeitig erwachen und sich gegenseitig anblicken, so fühlen sie sich sicherlich des Lebens überdrüssig.

AUSKLANG

Es ist dunkel geworden, und es fällt mir schwer, noch weitere Schriftzeichen zu Papier zu bringen. Auch habe ich meine Schreibpinsel aufgebraucht, und so möchte ich diese Aufzeichnungen abschließen.

In diesem Skizzenbuch habe ich während meiner Mußestunden im Palast, wenn ich gelangweilt in meinem Zimmer saß, alles niedergeschrieben, was ich mit eigenen Augen gesehen und in meinem Herzen gedacht habe. Da ich mich dabei des öfteren über andere Personen lieblos und absprechend geäußert habe, wollte ich meine Aufzeichnungen recht geschickt verbergen; aber dennoch sind sie jetzt bekanntgeworden.

Als Ihrer Majestät vom Innenminister ein Stoß Papiere zugeschickt worden war, fragte sie mich, was man darauf schreiben solle. Als ich ihr sagte, daß ich diese Blätter gern für persönliche Aufzeichnungen verwenden und ein «Kopfkissenbuch» daraus machen möchte, das meine Gedanken, die ich sonst nur meinem Kopfkissen anvertrauen würde, enthalten sollte, entgegnete Ihre Majestät: «So nimm sie», und gab sie mir.

Ich nahm die unendlich große Papiermenge in Empfang, und als ich meine Absicht wahrmachen wollte, die einzelnen Bogen mit allerlei Bemerkungen vollzuschreiben, kam mir sehr viel Merkwürdiges in den Sinn. Sehr oft ließ ich dem Pinsel freien Lauf und, ohne genauer zu überlegen, folgte nur meiner inneren Eingebung. So habe ich denn im großen und ganzen über all das berichtet, was mir in der Welt seltsam vorkam; ich habe auch auf die Schwächen der Menschen hingewiesen und von Gedichten, Bäumen, Gräsern, Vögeln und Insekten gesprochen. Ich dachte, die Leute werden sagen: «Es ist noch schlechter, als wir erwarteten; ihr geringes Talent zeigt sich da deutlich.» Ich habe in meinem Buch zu Scherz und Spiel nur kunterbunt aufgeschrieben, was in meinem Herzen von ungefähr auftauchte. Mein Buch soll daher nicht den gleichen Rang mit anderen Werken berühmter Literaten haben. Doch die Leser äußerten sich so lobend darüber, daß ich ganz beschämt bin. Es ist wirklich sonderbar: was die anderen verabscheuen, nenne ich gut, und was sie preisen, nenne ich schlecht. Man wird sich von meinem Charakter nun leicht ein Bild machen können. Doch wie dem auch sei, es betrübt mich, daß mein

«Kopfkissenbuch» bekanntgeworden ist. Und das geschah so: Als der Flügeladjutant zur Linken noch Gouverneur von Ise war, stattete er mir eines Tages einen Besuch ab. Ich wollte ihm eine Strohmatte, die ich auf der Veranda entdeckte, zum Sitzen anbieten; aber mein Skizzenbuch hatte ich unglücklicherweise gerade auf jene Matte gelegt, und so zog ich beides zusammen ins Zimmer herein. Ganz aufgeregt stürzte ich mich darauf, um es an mich zu nehmen; aber der Gouverneur kam mir zuvor und ging sofort mit den Aufzeichnungen von dannen; erst viel später hat er sie mir wieder zurückerstattet. Ich glaube, im Anschluß an jenen Zwischenfall hat mein «Kopfkissenbuch» seine Karriere begonnen.

Zu den Illustrationen

Die Illustrationen dieses Buches verdienen besondere Beachtung. Selbst in Japan sind bisher keine Ausgaben des «Kopfkissenbuches» erschienen, die mit so bemerkenswerten Abbildungen versehen sind wie die vorliegende. Jedes Bild ist vom Maler speziell für diese Ausgabe auf Grund genauer historischer Forschungen gemalt worden.

Der Maler Masami Iwata, ein in Japan bekannter und geschätzter Künstler, geboren im Jahre 1883 im Städtchen Sanjo in der Provinz Niigata, war ein Schüler von Eikyu Matsuoka an der Kunstakademie in Tokio; er starb 1976.

Sein Lehrer Matsuoka war einer der führenden Geister der klassischen Malschule in Japan. Nach gründlichem Studium der alten Bilderrollen der Fujiwara- (794 bis 1185) und Kamakura-Zeit (1185 bis 1333) setzte er sich zur Aufgabe, die japanische Malerei der modernen Zeit durch Wiederanknüpfung an den dazumal vernachlässigten Malstil der Kamakura-Zeit zu neuem Leben zu erwecken.

Diesem Lehrer folgend, wählt Masami Iwata seine Sujets hauptsächlich aus der Welt des Fujiwara-Hoflebens und der Kamakura-Krieger. Seine Kunst zeichnet sich durch die charakteristische Sauberkeit seiner gediegenen und sorgfältigen Pinselführung aus, die alten Malereien eigen ist. Er wußte sogar gewisse Ungeschicklichkeiten des Altertums in der Perspektive und in der Formgebung der Gegenstände ins künstlerisch Positive zu steigern. So ist er nach unserm Urteil wohl einer der geeignetsten Maler für die Illustrierung des «Kopfkissenbuches». Er ist Mitglied der Jury der Nitten-Ausstellung, der größten unter den in Japan jährlich stattfindenden Kunstausstellungen.

Die Bilderrolle Maku-no-Soshi-Emaki (Bilderrolle des «Kopfkissenbuches»), ist die einzige nennenswerte Illustration aus der Vergangenheit. Während der berühmte Roman «Die Geschichte des Prinzen Genji» von Sei Shonagons Zeitgenossin Murasaki Shikibu mehrfach zu verschiedenen Zeiten illustriert wurde, blieb das «Kopfkissenbuch» ohne Abbildungen. Natürlich sind seit der Tokugawa-Zeit (1600 bis 1867) viele volkstümliche Illustrationen zu diesem Werk erschienen. Indessen dürfen wir diese Bilder aus neueren Zeiten, darunter auch Holzdrucke, außer acht lassen; denn heute zeigt sich, daß sie, aus der damaligen Unkenntnis der alten Trachten und des früheren Kunststils, nur ein Gemisch verschiedener Zeitstile darstellen. Auch vom künstlerischen Standpunkt aus haben sie keinen großen Wert.

Die erwähnte Bilderrolle wurde erst vor etwa zwanzig Jahren unter dem Kunstschatz des Fürsten Asano entdeckt. Während gewöhnlich Bilder dieser Gattung aus mehreren Rollen bestehen, fand man aber nur eine Rolle für das «Kopfkissenbuch». Ob diese Illustrationen, die nur wenige Stellen aus dem «Kopfkissenbuch» wiedergeben, ursprünglich aus einer Rolle bestanden oder aus mehreren, konnte nicht festgestellt werden. Auch über das genaue Entstehungsdatum wissen wir nichts. Auf einem Zettel, der mit der Bilderrolle gefunden wurde, steht in einer Handschrift neuerer Zeit: «Der Text wurde von Kaiser Gokogon persönlich geschrieben; die Bilder malte eine Frau.» Eine Mitteilung, der man aber nicht viel Glauben schenken kann. Der Stil der Bilder jedoch und die Handschrift des Textes verraten, daß die Rolle in der späteren Muromachi-Zeit (1491 bis 1568), also ungefähr zu Lebzeiten des Kaisers Gokogon, entstanden ist.

So ist der alte Stil der Fujiwara-Zeit, in der die Dame Sei Shonagon lebte, in dieser Bilderrolle verlorengegangen. Dafür bewundern wir den im Dekorativen aufs feinste entwickelten Kunstsinn, der in den sorgfältig gegliederten Kompositionen, in den mit äußerst dünnem Pinsel gezogenen Konturlinien und in der genauesten Wiedergabe der einzelnen Muster verschiedener Gegenstände zum Ausdruck kommt. Die edle Ruhe und erlesene Geschmacksempfindung des höfischen Lebens bleibt in den Bildern hauptsächlich dank der Schwarzweißtechnik erhalten. Eine Ausnahme bilden die Lippen der Menschen, die mit Zinnober leuchtend rot getuscht sind. Für den Fremden mag es besonders interessant sein, daß in den Bildern die Dächer der Gebäude weggelassen worden sind, damit die Innenräume gezeigt werden können, eine traditionelle Malart, die klassischen Bilderrollen eigen ist.

Mamoru Watanabé

Anmerkungen

[1] *Sei:* Sino-japanische Lesart der Verkürzung des Familiennamens ihres Vaters. *Shonagon:* Eigentlich ein Hofrang. Sie aber, als Frau, hatte ihn ohne wirkliche Beschäftigung und Ehre des Ranges.

[2] In Japan sind die Abarten der Grillen zahlreich. Ebenso verschieden ist ihr Zirpen. Es gibt Grillen, die wunderschön wie helle Glöckchen zirpen.

[3] Mochi ist eine Art Reiskuchen.

[4] Tag des Mädchenfestes.

[5] Ein alter Spruch sagt, wenn ein Kind Priester wird, werden neun Familien seiner nächsten Verwandtschaft zum Paradiese fahren.

[6] Siehe Einleitung, S. 21.

[7] Siehe Kapitel «In einem buddhistischen Tempel», S. 181.

[8] Die japanische Grammatik besitzt Hilfszeitwörter der Höflichkeit und der Bescheidenheit.

[9] Eine weite Pluderhose, die wie ein langer Rock aussieht.

[10] Damals war es Sitte, nachdem man morgens seine Geliebte verlassen hatte, zu Hause ein Liebes-

gedicht zu verfassen und es ihr durch einen Boten zu senden. Siehe Einleitung.

[11] Eine Art Mandarinenorange.

[12] Die japanische Pflaume blüht im Spätwinter.

[13] Der Dichter schildert das glänzende Leben seiner Freunde, die bei Hofe hohe Amtsstellen bekleiden. In den darauffolgenden Zeilen beschreibt er als Gegensatz sein eigenes einfaches Einsiedlerleben. Der oberste Hofsekretär will damit andeuten, daß er sich ohne Sei Shonagon auch so einsam fühlt wie der Dichter.

[14] Die von ihr verfaßte Zeile hat die Form der Unterzeile eines Kurzgedichtes. Die fehlende Oberzeile muß derjenige hinzudichten, an den der Brief gerichtet ist.

[15] Sie gab keine direkte Antwort, wie man es erwartet hätte, sondern erwiderte in einer Weise, die einer Frau geziemt, wobei sie gleichzeitig wiederum eine Antwort forderte. Ihre Gedichtzeile deutet auch darauf hin, daß sie bereit sei, den obersten Hofsekretär zu empfangen.

[6] Darin versteckt sich ein Wortspiel, das die Bekanntmachung ihres Aufenthaltsortes verbietet.

[17] Ein altes chinesisches Gedicht.

[18] Eine Landpartie unternahm man damals hauptsächlich, um Gedichte zu verfassen.

[19] Der Urgroßvater und Vater der Verfasserin waren bekannte Dichter.

[20] Damals zupften sich die jungen Frauen die Augenbrauen aus, um sich mit Schwarzstift künstliche Brauen zu malen.

[21] Damals war es Sitte, sich mehrere Tage in einem Tempel einzuschließen und, enthaltsam lebend, sich mit Gottesdienst zu beschäftigen und zu beten, damit ein Wunsch in Erfüllung gehe.

[22] Die japanische Nelke ist kleiner als die europäische.

[23] In dicht nebeneinanderliegenden kleinen Kreisen büschelt und umwickelt man den Stoff ganz fest mit einem Faden. Dann wird der Stoff gefärbt. Nach dem Trocknen entfernt man die Fäden. An den umwickelten Stellen ist der Stoff weiß geblieben, und es ergibt sich so ein hübsches Muster. Diese Art des Färbens ist auch heute noch in Japan sehr verbreitet.

[24] Hierbei ist gemeint: Wenn es auch in den buddhistischen Sutren heißt, daß es über hunderttausend Millionen Strecken entfernt sei, so kann man doch, wenn man fromm ist, sofort hineinkommen.

[25] Ein altes japanisches Gedicht heißt:

Der tiefe Schnee hat unser Bergdorf bedeckt;
Man findet keinen Weg mehr;
Wer mich heute besucht,
dessen Liebe will ich schätzen.

[26] Kwannon oder Kan-in: Gott der Barmherzigkeit. Nyoirin-Kwannon ist die Benennung eines Kwan-

non mit einer bestimmten Körperhaltung, wie oben beschrieben. Siehe Abbildung.

[27] Man hängte die Kleider auf einen Ständer und stellte darunter ein kleines Gefäß, in dem man dem Weihrauch ähnliche duftende Pulver verbrannte.

[28] Mikasa bedeutet zugleich Regenschirm.

[29] Nasse Kleider bedeuten «eine ungerechte Beschuldigung durch Gerüchte».

[30] Dieses Gedicht enthält kunstvolle Wortspiele, die nicht in eine andere Sprache übersetzt werden können, während der Inhalt belanglos ist.

[31] Es handelt sich um das Gedicht des chinesischen Dichters Pe Lo-t'ien:

«Die Sonne steht schon hoch am Firmament,
und wie erquickt hat mich der Schlaf!
Doch mit dem Aufstehn hat's noch Zeit;
denn wenn man unter aufgetürmten Decken schlummert,
so hat man vor der Kälte keine Angst.
So lausche ich dem Klang der Tempelglocken
und stell behutsam mir das Kissen hoch;
denn um den Schnee des Hsiang-lu-Bergs zu schauen,
genügt ein Griff:
ich ziehe nur den Bambusvorhang hoch!»

Zu der Zeit trugen die Hofdamen ihre langen Haare lose.

INHALT

manesse im dtv

Tuti-Nameh · Das Papageienbuch
Nach der türkischen Fassung übertragen von Georg Rosen
Nachwort von J. Christoph Bürgel
dtv 24018 (April 1993)

Inseln in der Weltliteratur
Herausgegeben von Anne Marie Fröhlich
Nachwort von Federico Hindermann
Mit 26 Illustrationen
dtv 24019 (Mai 1993)

Guy de Maupassant · Fünfzig Novellen
Ausgewählt und übersetzt von N. O. Scarpi
Nachwort von Joseph Halperin
dtv 24020 (Juni 1993)

Jerome K. Jerome · Drei Mann in einem Boot
Ganz zu schweigen vom Hund!
Aus dem Englischen übertragen von Trude Fein
Nachwort von Ernst Leisi
dtv 24021 (Juli 1993)

Irische Erzähler
Auswahl und Übertragung von Elisabeth Schnack
Nachwort von Sean O'Faolain
dtv 24022 (August 1993)

Jane Austen · Mansfield Park
Roman
Aus dem Englischen übersetzt von Trude Fein
Nachwort von Max Wildi
dtv 24023 (September 1993)

Japanische Jahreszeiten
Tanka und Haiku aus 13 Jahrhunderten
Aus dem Japanischen
von Gerolf Coudenhove

Liebesgeschichten aus Kambodscha
Übertragen von Christian Velder

Kin Ku Ki Kwan
Wundersame Geschichten aus
alter und neuer Zeit
Aus dem Chinesischen
von Franz Kuhn

Lao-Tse
Tao Tê King
Aus dem Chinesischen
von Victor von Strauss

Mongolische Erzählungen
Helden-, Höllenfahrts-
und Schelmengeschichten
Aus dem Mongolischen
von Walther Heissig

Muschelprinz und Duftende Blüte
Liebesgeschichten aus Thailand
Übertragen von Christian Velder

Pflaumenblüte und
verschneiter Bambus
Chinesische Gedichte
Übertragen von Jan Ulenbrook

Das Kopfkissenbuch
der Hofdame Sei Shonagon
Aus dem Japanischen
von Mamoru Watanabé

Orientalische Literatur

At-Tanūkī
Ende gut, alles gut
Das Buch der Erleichterung
nach der Bedrängnis
Aus dem Arabischen
von Arnold Hottinger

Neue Liebesgeschichten aus 1001 Nacht
Erstmals den persischen Quellen
nacherzählt von Rudolf Gelpke

Nizami
Das Alexanderbuch
Aus dem Persischen
von J. Christoph Bürgel

Chosrou und Schirin
Aus dem Persischen
von J. Christoph Bürgel

Nizami
Leila und Madschnun
Aus dem Persischen
von Rudolf Gelpke

Die sieben Geschichten
der sieben Prinzessinnen
Aus dem Persischen
von Rudolf Gelpke

Premtschand
Godan oder Die Opfergabe
Roman
Aus dem Hindi
von Irene Zahra

Mirza Muhammad Hadi Ruswa
Die Kurtisane von Lakhnau
Roman
Aus dem Urdu
von Ursula Rothen-Dubs

Frühjahr 2024

RHINOVERLAG